ALEXIS J. SMITH

Guía de Supervivencia Zombi

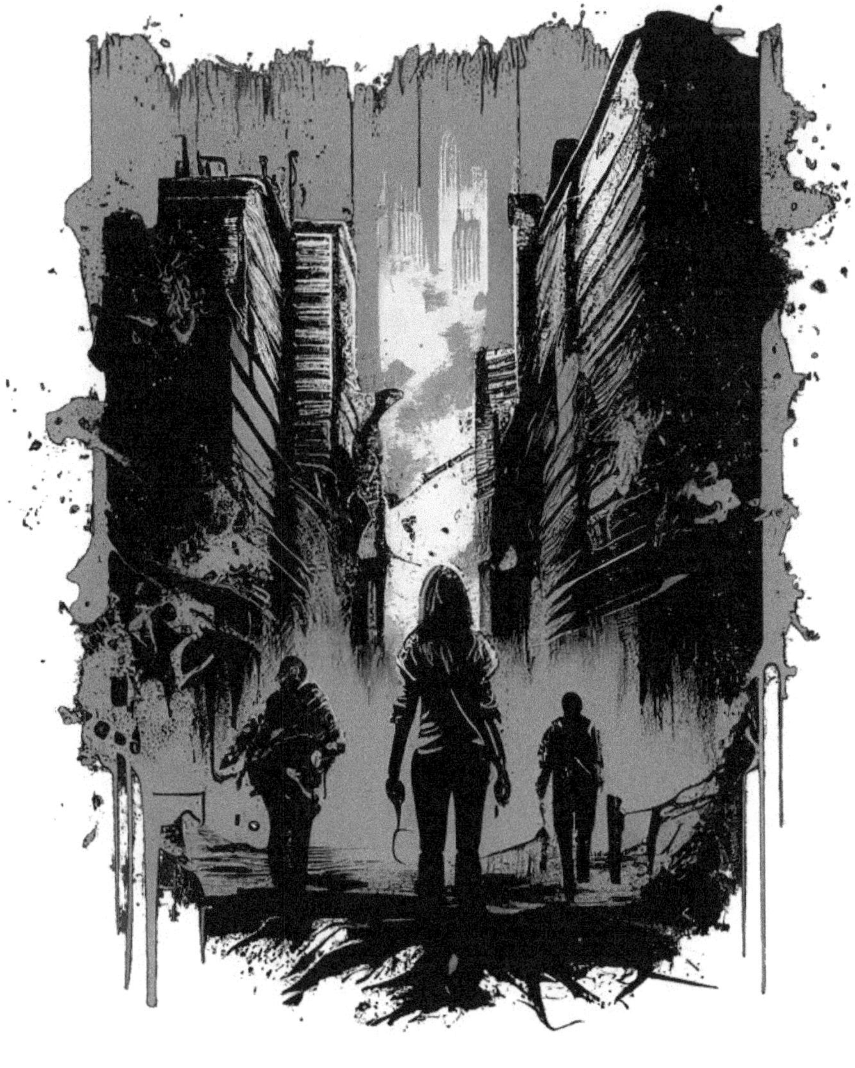

Contenido

III   Protección

IV   Suministros

V   Comunicación y Cooperación

VI   Cuidado Personal

VII   Conclusión

I

Introducción

¿Alguna vez has imaginado cómo sería el mundo si los muertos regresaran a la vida? Si tu respuesta es sí, entonces probablemente hayas pensado en el apocalipsis zombi. Aunque esta idea puede parecer irreal, la posibilidad de una pandemia que afecte a la humanidad es una realidad constante en nuestro mundo actual. El brote de COVID-19 en 2020 demostró que incluso en una era moderna y altamente avanzada, las enfermedades pueden extenderse rápidamente y causar un gran daño.

¿Qué son los zombis?

Los zombis son seres ficticios que se han vuelto muy populares en la cultura popular, especialmente en películas, series de televisión y videojuegos. Por lo general, se representan como seres humanos reanimados, muertos o infectados por un virus que los hace caminar sin rumbo y buscar carne humana para comer. Aunque los zombis son una creación ficticia, la idea de un brote de una enfermedad desconocida que convierte a los seres humanos en seres sedientos de sangre y carne ha llevado a muchas personas a prepararse para una posible emergencia apocalíptica.

Aunque la idea de los muertos vivientes puede parecer reciente, en realidad tiene sus raíces en la mitología y en los cuentos populares de muchas culturas antiguas. En Haití, por ejemplo, la tradición de los zombis se originó a partir de las creencias religiosas de las comunidades locales. Según la tradición, los zombis son personas que han sido resucitadas por brujos o sacerdotes vudú para servirles como esclavos.

Sin embargo, la imagen moderna de los zombis como criaturas sedientas de sangre y carne se popularizó en la década de 1960 con la película "La noche de los muertos vivientes" de George A. Romero. En esta película, los muertos vuelven a la vida como zombis y buscan devorar a los seres humanos que aún están vivos.

En la cultura popular moderna, se han creado muchas variedades diferentes de zombis, cada una con sus propias características y rasgos distintivos. Por ejemplo, algunos zombis son lentos y torpes, mientras que otros son rápidos y ágiles. Algunos se desplazan en grupos y atacan a las personas en masa, mientras que otros son más solitarios y prefieren acechar a sus presas en la oscuridad.

La mayoría de los zombis se representan como seres humanos muertos que han vuelto a la vida de alguna manera. Sin embargo, también existen otras formas de zombis en la cultura popular, como los zombis animales, los zombis de plantas y los zombis mecánicos.

En cuanto a su origen, los zombis se han representado de diferentes maneras en diferentes medios. Algunas obras de ficción sugieren que los zombis son producto de una enfermedad infecciosa, como un virus o una bacteria. Otras obras de ficción muestran a los zombis como resultado de una maldición o un ritual mágico.

A pesar de que los zombis son criaturas ficticias, el concepto de una pandemia global o de una emergencia apocalíptica es muy real. En la vida real, existe el riesgo de brotes de enfermedades infecciosas y otros desastres naturales o provocados por el hombre. Es por eso que la idea de prepararse para una posible emergencia es importante y relevante.

En resumen, los zombis son seres ficticios que se han vuelto muy populares en la cultura popular. Aunque se representan de diferentes maneras en diferentes medios, la mayoría de los zombis se presentan como seres humanos muertos que han vuelto a la vida de alguna manera y buscan carne humana para comer. Aunque los zombis son una creación ficticia, la idea de una pandemia global o de una emergencia apocalíptica es muy real y es importante estar preparados para cualquier eventualidad.

¿Cómo surge un apocalipsis zombi?

La idea de un apocalipsis zombi es un tema recurrente en la cultura popular, y ha sido el tema de muchas películas, series de televisión, videojuegos y novelas. Aunque la idea de un brote de zombis puede parecer completamente ficticia, hay algunos escenarios reales que podrían dar lugar a un apocalipsis zombi.

Uno de los escenarios más populares en las películas y la literatura es el de un virus desconocido que se propaga rápidamente a través de una población. Este virus, que se transmite de persona a persona, puede causar una amplia gama de síntomas, incluyendo fiebre alta, vómitos, diarrea, convulsiones y, en última instancia, la muerte. Una vez que una persona infectada muere, se levanta como un zombi y comienza a buscar carne humana para comer.

Este escenario es plausible porque existen virus reales que se propagan de persona a persona, y algunos de ellos pueden tener efectos devastadores en la población. Por ejemplo, el virus del Ébola, que se descubrió por primera vez en 1976, puede causar fiebre hemorrágica y puede propagarse rápidamente en las comunidades si no se toman medidas de control adecuadas.

Otro escenario que puede dar lugar a un apocalipsis zombi es el de un brote de una enfermedad infecciosa que afecta a los animales. En este escenario, la enfermedad se propaga rápidamente a través de una población animal, como las vacas, cerdos, pollos, perros y gatos, y finalmente se transmite a los humanos. Este tipo de brote podría ocurrir en cualquier parte del mundo, y es posible que no se detecte de inmediato hasta que la enfermedad se haya propagado a una población significativa.

Un ejemplo de este escenario ocurrió en 2012, cuando se produjo un brote de una enfermedad llamada síndrome respiratorio porcino, o SRP, en China. Esta enfermedad afectó a los cerdos y se propagó rápidamente a través de las poblaciones de cerdos en el país. Aunque la enfermedad no se transmite directamente de los cerdos a los humanos, los científicos han advertido que si una mutación del virus se produjera, la enfermedad podría ser transmitida a los humanos y causar un brote.

En general, un apocalipsis zombi podría ocurrir si una enfermedad infecciosa desconocida o un virus mortal se propagara rápidamente a través de la población. Si la enfermedad fuera altamente contagiosa y no hubiera una cura o un tratamiento efectivo disponible, entonces podría ocurrir un escenario de apocalipsis zombi.

Aunque la idea de un apocalipsis zombi es fascinante y ha sido el tema de muchas películas y libros populares, es importante recordar que se trata de una creación ficticia. Aunque es importante estar preparados para cualquier emergencia, incluyendo brotes de enfermedades infecciosas, la posibilidad de un apocalipsis zombi es extremadamente improbable. Sin embargo, la preparación adecuada para cualquier emergencia puede ayudar a garantizar la seguridad y la supervivencia en tiempos de crisis.

¿Por qué es importante estar preparado?

Estar preparado para cualquier tipo de emergencia, ya sea un terremoto, un incendio o un brote de una enfermedad infecciosa, es esencial para asegurar la supervivencia de usted y sus seres queridos. En el caso de un apocalipsis zombi, la preparación adecuada podría significar la diferencia entre la vida y la muerte.

En primer lugar, estar preparado significa tener suficientes suministros para sobrevivir durante un período prolongado sin la ayuda de servicios básicos como agua corriente, electricidad o servicios de emergencia. En el caso de un brote de una enfermedad infecciosa, como un virus zombi, es posible que se cierre la ciudad o que se ordene a las personas que permanezcan en sus hogares para evitar la propagación de la enfermedad. En este escenario, tener suficientes suministros, incluyendo alimentos, agua, medicinas y equipo de protección personal, es esencial para asegurar la supervivencia.

En segundo lugar, estar preparado también significa tener un plan para evacuar la zona en caso de que sea necesario. Si un brote de una enfermedad infecciosa se propaga rápidamente a través de la población, puede ser necesario abandonar la zona y buscar refugio en otro lugar. Tener un plan de evacuación bien pensado, incluyendo una ruta de escape y un lugar de reunión fuera de la zona afectada, puede ayudar a garantizar la seguridad de usted y sus seres queridos en caso de una emergencia.

En tercer lugar, estar preparado significa estar informado y actualizado sobre las últimas noticias y desarrollos sobre la emergencia. En un escenario de apocalipsis zombi, la información podría ser escasa o confusa, lo que hace que sea esencial tener fuentes confiables de información, como los servicios de noticias locales o los canales gubernamentales de emergencia. Saber qué está sucediendo y qué medidas se están tomando para abordar la emergencia puede ayudar a tomar decisiones informadas y mantener la calma en momentos de crisis.

Un ejemplo de la importancia de estar preparado se produjo en 2005, cuando el huracán Katrina golpeó la costa del Golfo de los Estados Unidos. El huracán causó una amplia gama de daños y desplazó a cientos de miles de personas. Aquellos que estaban mejor preparados, con suministros adecuados y un plan de evacuación, tuvieron más éxito en sobrevivir a la tormenta y sus consecuencias. En cambio, aquellos que no estaban preparados tuvieron dificultades para sobrevivir y necesitaron la ayuda de los servicios de emergencia.

En conclusión, estar preparado para cualquier tipo de emergencia es esencial para garantizar la supervivencia en tiempos de crisis. En el caso de un apocalipsis zombi, la preparación adecuada puede significar la diferencia entre la vida y la muerte. Tener suficientes suministros, tener un plan de evacuación bien pensado y estar informado son algunas de las formas en que se puede estar preparado para cualquier emergencia.

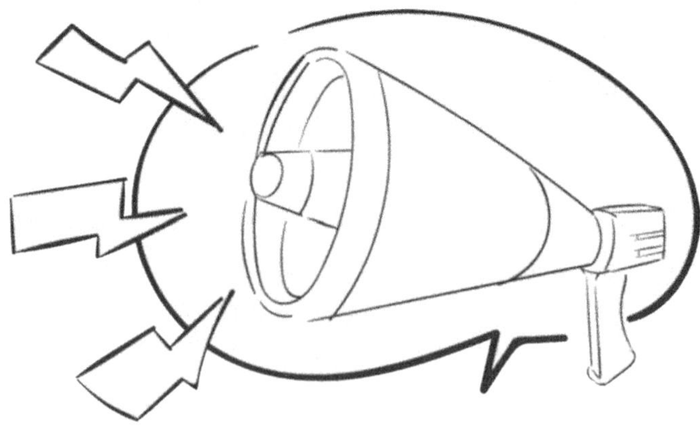

La fascinación de la cultura popular por los zombis y cómo han evolucionado a lo largo de los años.

La cultura popular siempre ha sido fascinada por los muertos vivientes, y los zombis han sido una presencia recurrente en el cine, la televisión, los videojuegos, los cómics y la literatura. Desde la primera película de zombis, "White Zombie" en 1932, hasta los exitosos programas de televisión como "The Walking Dead", el tema de los muertos vivientes ha sido una constante en la cultura popular.

La evolución de los zombis es particularmente interesante. En las películas clásicas de zombis, como "Night of the Living Dead" de 1968, los muertos vivientes eran criaturas lentas y torpes que se arrastraban y arrastraban. Sin embargo, en las películas y series de televisión más recientes, los zombis han evolucionado para ser más rápidos, ágiles y aterradores.

La evolución de los zombis también ha dado lugar a diferentes interpretaciones de lo que son los zombis. En las primeras películas de zombis, los muertos vivientes eran simplemente cadáveres reanimados sin explicación. Sin embargo, con el tiempo, se han presentado diferentes teorías sobre cómo surge un apocalipsis zombi. Algunas películas y series de televisión sugieren que un virus es el responsable de la aparición de los zombis, mientras que otras sugieren que la causa es la radiación o incluso la magia.

A pesar de la fascinación por los zombis en la cultura popular, la idea de un apocalipsis zombi parece absurda y poco realista. Sin embargo, en el mundo real, existen amenazas más tangibles que podrían llevar a una situación de emergencia, como desastres naturales, pandemias o conflictos armados. Por lo tanto, es importante estar preparados para cualquier tipo de emergencia y tener un plan de acción para asegurar nuestra supervivencia y la de nuestras familias.

En resumen, la evolución de los zombis en la cultura popular ha sido fascinante de observar, pero también es importante recordar que un apocalipsis zombi es poco probable. En cambio, es crucial estar preparados para emergencias más tangibles y tener un plan de acción para asegurar nuestra supervivencia.

El impacto de las películas, series de televisión y videojuegos de zombis en nuestra percepción y preparación para una situación de apocalipsis zombi

La cultura popular ha tenido un gran impacto en nuestra percepción y preparación para una posible situación de apocalipsis zombi. Las películas, series de televisión y videojuegos de zombis han sido una fuente de inspiración y entretenimiento para millones de personas en todo el mundo.

Desde las películas clásicas de zombis como "Night of the Living Dead" de George A. Romero, hasta las series de televisión modernas como "The Walking Dead", el género de los zombis ha evolucionado y se ha adaptado a medida que la cultura popular ha cambiado.

Estas obras de ficción no solo han capturado la imaginación del público, sino que también han influenciado la forma en que nos preparamos para una posible situación de apocalipsis zombi. Muchos de los conceptos y técnicas de supervivencia que se muestran en estas obras de ficción se han convertido en estándares en la cultura popular y son referencias para muchas personas al momento de prepararse para una posible situación de emergencia.

Por ejemplo, la serie "The Walking Dead" ha sido elogiada por su representación realista de cómo las personas podrían sobrevivir en un mundo dominado por los zombis. La serie ha mostrado la importancia de tener un grupo de supervivientes unido y bien organizado, la necesidad de aprender habilidades de supervivencia como la caza y la recolección de alimentos, y la importancia de tener un refugio seguro.

De manera similar, los videojuegos de zombis como "Resident Evil" y "The Last of Us" han demostrado la importancia de la planificación y la estrategia en una situación de emergencia. Estos juegos requieren que los jugadores tomen decisiones rápidas y astutas para sobrevivir a los ataques de los zombis y recolectar los recursos necesarios para mantenerse con vida.

En resumen, las películas, series de televisión y videojuegos de zombis han tenido un gran impacto en nuestra cultura y en nuestra percepción y preparación para una posible situación de apocalipsis zombi. Si bien estas obras de ficción pueden ser entretenidas, también pueden ser una fuente de inspiración y conocimiento para aquellos que desean estar preparados para cualquier situación de emergencia.

Las posibles causas de un apocalipsis zombi, como un brote viral o una invasión alienígena

Un tema recurrente en la cultura popular sobre los zombis es la causa de su aparición y propagación. Aunque la mayoría de las veces se describe como un brote viral, también se han planteado otras teorías como la exposición a radiación, experimentos científicos fallidos, magia negra o incluso una invasión alienígena.

En el caso de un brote viral, se especula que una enfermedad desconocida o mutada podría causar una infección en el cerebro que transformaría a los humanos en zombis. A menudo se describe como altamente contagiosa y mortal, propagándose rápidamente de persona a persona a través de la sangre, la saliva o las mordeduras.

Otra posible causa es la exposición a radiación, como en el caso de Chernóbil, donde se han registrado casos de animales mutados por la exposición a la radiación. Se plantea que esta exposición también podría afectar a los seres humanos y transformarlos en zombis.

Además, se han mencionado experimentos científicos fallidos en laboratorios secretos del gobierno que podrían haber desencadenado un apocalipsis zombi. Estos experimentos pueden haber sido diseñados para crear armas biológicas o curas para enfermedades, pero podrían haber salido mal y causado la transformación de humanos en zombis.

En cuanto a la magia negra, se cree que los zombis pueden ser creados por practicantes de vudú o brujos que utilizan hechizos para controlar a los muertos vivientes.

Por último, algunas teorías sugieren que una invasión alienígena podría causar un apocalipsis zombi al traer un virus extraterrestre o al controlar mentalmente a los seres humanos y convertirlos en zombis.

Aunque estas teorías son ficticias, es importante estar preparados para cualquier eventualidad, incluyendo la posibilidad de un apocalipsis zombi. Saber cómo actuar en una situación de emergencia, tener un plan de escape y contar con suministros básicos pueden marcar la diferencia entre la vida y la muerte.

La importancia de tener un plan de supervivencia y preparación para cualquier tipo de crisis, incluyendo un apocalipsis zombi.

Tener un plan de supervivencia y preparación para cualquier tipo de crisis es esencial para garantizar la seguridad y supervivencia de uno mismo y de aquellos que nos rodean. En una situación de apocalipsis zombi, esto es aún más crucial, ya que enfrentaríamos una amenaza sin precedentes que requeriría habilidades y recursos específicos.

Una de las primeras cosas que se deben considerar al prepararse para un apocalipsis zombi es el abastecimiento de suministros. Es importante tener suficientes alimentos, agua potable, medicamentos, equipo de supervivencia, herramientas y armas para durar al menos algunas semanas. Además, es esencial tener un lugar seguro donde refugiarse y una ruta de escape en caso de ser necesario.

También es importante tener habilidades y conocimientos útiles para sobrevivir en un mundo post-apocalíptico. Esto puede incluir habilidades de supervivencia en la naturaleza, primeros auxilios, defensa personal, construcción de refugios y la capacidad de identificar y utilizar recursos naturales.

Además de los suministros y habilidades necesarias, también es importante considerar la formación de un grupo de sobrevivientes. Tener un equipo de personas de confianza con habilidades complementarias puede aumentar significativamente las posibilidades de supervivencia y protección mutua.

Un plan de supervivencia y preparación para un apocalipsis zombi también debe incluir medidas de seguridad y defensa. Esto puede incluir fortificar el refugio y proteger los suministros, así como la capacidad de identificar y neutralizar amenazas zombis. También es importante tener un plan de escape en caso de que el refugio sea invadido por zombis u otros sobrevivientes hostiles.

Tener un plan de supervivencia y preparación para cualquier tipo de crisis es esencial, y aún más importante en una situación de apocalipsis zombi. El abastecimiento de suministros, la adquisición de habilidades y conocimientos útiles, la formación de un grupo de sobrevivientes y medidas de seguridad y defensa son elementos críticos que deben considerarse al prepararse para una situación de apocalipsis zombi.

La diferencia entre la preparación para un desastre natural y la preparación para un apocalipsis zombi.

L a preparación para un desastre natural, como un terremoto o un huracán, generalmente se enfoca en tener suministros básicos como agua, alimentos, medicamentos y refugio. Sin embargo, la preparación para un apocalipsis zombi requiere un enfoque más completo y detallado debido a la naturaleza de la amenaza.

Además de tener suministros básicos, también es importante tener armas y municiones para defenderse de los zombis, así como tener habilidades de supervivencia como la capacidad de construir refugios improvisados y encontrar alimentos y suministros en el medio ambiente.

La preparación para un apocalipsis zombi también implica la creación de un plan de escape y una ruta de evacuación en caso de que sea necesario dejar el área. También es importante tener una red de contactos y un medio de comunicación confiable para coordinar con otros sobrevivientes y evitar áreas de alto riesgo.

En resumen, la preparación para un apocalipsis zombi es más que simplemente tener suministros básicos. Se requiere una planificación detallada, habilidades de supervivencia y una mentalidad proactiva para enfrentar la amenaza de los zombis.

Los desafíos únicos que presentaría un apocalipsis zombi, como la falta de suministros y el peligro constante de ser atacado por los no muertos

En un apocalipsis zombi, los sobrevivientes enfrentarían desafíos únicos que no se encuentran en otros tipos de crisis. En primer lugar, habría una gran escasez de suministros. Si bien la mayoría de las personas tienen algo de comida y agua almacenada en caso de una emergencia, un apocalipsis zombi podría durar mucho más tiempo que una tormenta o un terremoto, lo que significa que se necesitaría mucho más que unos pocos días de suministros.

Además, la mayoría de los suministros en las tiendas y supermercados se agotarían rápidamente. A medida que más personas se den cuenta de que hay un apocalipsis zombi en marcha, correrían a los supermercados y tiendas para obtener comida y suministros. Las tiendas se quedarían sin existencias en cuestión de horas, lo que significa que los sobrevivientes tendrían que buscar otros lugares para encontrar comida, agua y suministros.

Otro desafío único de un apocalipsis zombi es el peligro constante de ser atacado por los no muertos. En un desastre natural, como un huracán o un terremoto, los sobrevivientes podrían refugiarse en un lugar seguro y esperar a que pase la tormenta. Sin embargo, en un apocalipsis zombi, no hay un lugar seguro para refugiarse. Los zombis pueden aparecer en cualquier momento y en cualquier lugar, lo que significa que los sobrevivientes deben estar en constante alerta y siempre listos para defenderse.

Además, los sobrevivientes tendrían que aprender a defenderse contra los zombis. En una crisis natural, los sobrevivientes podrían necesitar habilidades de supervivencia, como saber cómo purificar el agua o construir un refugio temporal. Sin embargo, en un apocalipsis zombi, los sobrevivientes necesitarían habilidades de combate para luchar contra los zombis y protegerse a sí mismos y a sus seres queridos.

Un apocalipsis zombi presenta desafíos únicos que no se encuentran en otros tipos de crisis. Los sobrevivientes tendrían que enfrentar la escasez de suministros, el peligro constante de ser atacados por los no muertos y la necesidad de habilidades de combate para luchar contra los zombis. Es importante tener en cuenta estos desafíos al prepararse para un apocalipsis zombi y tener un plan sólido en su lugar.

La necesidad de cooperación y trabajo en equipo en una situación de apocalipsis zombi.

En una situación de apocalipsis zombi, la cooperación y el trabajo en equipo son esenciales para la supervivencia. A diferencia de otros desastres naturales, un apocalipsis zombi puede ser una amenaza constante e impredecible, lo que significa que una persona sola puede tener dificultades para sobrevivir a largo plazo.

La cooperación y el trabajo en equipo pueden marcar la diferencia entre la vida y la muerte. La formación de grupos puede proporcionar una mayor seguridad y protección contra los no muertos y otros supervivientes hostiles. Además, trabajar en equipo permite la asignación de tareas y responsabilidades específicas, lo que aumenta la eficiencia y la efectividad del grupo en general.

Es importante tener en cuenta que la cooperación y el trabajo en equipo no siempre son fáciles. En situaciones de alta tensión y estrés, las personas pueden tener dificultades para trabajar juntas y pueden surgir conflictos. Sin embargo, superar estos desafíos y trabajar juntos puede ser crucial para la supervivencia a largo plazo.

Para fomentar la cooperación y el trabajo en equipo, es importante establecer roles y responsabilidades claras dentro del grupo. Es posible que alguien sea responsable de la búsqueda de suministros, mientras que otro puede ser responsable de la seguridad y la protección del grupo. También es importante establecer una comunicación clara y efectiva para asegurarse de que todos estén en la misma página.

Además, la construcción de relaciones de confianza y respeto mutuo puede ayudar a fomentar la cooperación y el trabajo en equipo. Si los miembros del grupo se sienten seguros y respetados entre sí, es más probable que trabajen juntos y colaboren para lograr objetivos comunes.

La cooperación y el trabajo en equipo son fundamentales para la supervivencia en una situación de apocalipsis zombi. Aunque puede haber desafíos, trabajar juntos y establecer roles y responsabilidades claras puede aumentar significativamente las posibilidades de supervivencia a largo plazo.

Cómo la preparación para un apocalipsis zombi puede ayudar en situaciones de emergencia más comunes, como terremotos o huracanes.

Es importante tener en cuenta que la preparación para un apocalipsis zombi también puede ayudarnos a estar mejor preparados para situaciones de emergencia más comunes, como terremotos, huracanes o tormentas de nieve. La planificación para un apocalipsis zombi involucra la creación de un suministro de emergencia, la identificación de rutas de escape y la ubicación de puntos de reunión en caso de separación del grupo. Estos mismos conceptos pueden aplicarse a cualquier tipo de desastre natural.

Por ejemplo, tener un suministro de alimentos no perecederos, agua y suministros médicos puede ser útil en caso de un corte de energía prolongado causado por una tormenta. Identificar rutas de escape y puntos de reunión también puede ser útil en caso de que se necesite evacuar una zona debido a un desastre natural.

Además, la preparación para un apocalipsis zombi también puede ayudar a fomentar una mentalidad de previsión y preparación en general. Al estar preparados para un evento extremo como un apocalipsis zombi, es más probable que también estemos preparados para situaciones de emergencia más comunes y podamos tomar medidas preventivas para minimizar el impacto de cualquier tipo de crisis.

La preparación para un apocalipsis zombi no solo es útil en el contexto de una posible invasión de zombis, sino que también puede ser una herramienta valiosa para prepararnos para cualquier tipo de emergencia, incluyendo desastres naturales y otras crisis.

La importancia de la adaptación y la flexibilidad en una situación de apocalipsis zombi, ya que las circunstancias pueden cambiar rápidamente y ser impredecibles.

En una situación de apocalipsis zombi, la adaptación y la flexibilidad son esenciales para la supervivencia. A medida que la situación cambia, los sobrevivientes deben ser capaces de adaptarse rápidamente a las nuevas circunstancias y a los desafíos que se presentan. La capacidad de ser flexible en la toma de decisiones y de ajustarse a las situaciones cambiantes es lo que puede marcar la diferencia entre la vida y la muerte.

En un apocalipsis zombi, las circunstancias pueden cambiar rápidamente y de manera impredecible. La cantidad de suministros puede disminuir drásticamente, las rutas de escape pueden ser bloqueadas o los sobrevivientes pueden ser forzados a abandonar su refugio actual. En estos momentos, es importante que los sobrevivientes tengan la capacidad de adaptarse y cambiar su plan de acción para poder seguir adelante.

Ser flexible también implica estar dispuesto a trabajar con otros sobrevivientes y formar alianzas temporales. En una situación de apocalipsis zombi, la supervivencia individual es importante, pero la cooperación y el trabajo en equipo son fundamentales para aumentar las posibilidades de supervivencia. Los sobrevivientes deben estar dispuestos a colaborar y compartir recursos y habilidades para superar los desafíos que se presentan.

La adaptación y la flexibilidad también son habilidades útiles en situaciones de emergencia más comunes, como terremotos o huracanes. Aunque estas situaciones pueden no ser tan extremas como un apocalipsis zombi, todavía pueden requerir que los sobrevivientes se adapten y ajusten rápidamente a las circunstancias cambiantes. Por ejemplo, en un terremoto, los sobrevivientes pueden ser forzados a abandonar su hogar y a buscar refugio temporal. Ser capaz de adaptarse y ajustarse a estas nuevas circunstancias puede marcar la diferencia en la supervivencia y el bienestar a largo plazo.

En una situación de apocalipsis zombi, la adaptación y la flexibilidad son esenciales para la supervivencia. Los sobrevivientes deben ser capaces de adaptarse rápidamente a las nuevas circunstancias y ajustar su plan de acción en consecuencia. Además, la cooperación y el trabajo en equipo son fundamentales para aumentar las posibilidades de supervivencia. Estas habilidades también son útiles en situaciones de emergencia más comunes, donde la capacidad de adaptarse y ajustarse rápidamente a las circunstancias cambiantes puede marcar la diferencia en la supervivencia y el bienestar a largo plazo.

II

Preparación

La preparación adecuada es clave para sobrevivir a un apocalipsis zombi, y esto implica tener los suministros, habilidades y conocimientos necesarios para enfrentar la emergencia. En este capítulo, se discutirán algunas de las medidas que se pueden tomar para estar preparado y aumentar las posibilidades de supervivencia.

Suministros

Los suministros son una de las partes más importantes de la preparación para un apocalipsis zombi. Es importante asegurarse de tener suficiente comida, agua, medicamentos y equipo de protección personal para sobrevivir durante un período prolongado sin la ayuda de servicios básicos como agua corriente, electricidad o servicios de emergencia. Algunos de los suministros esenciales incluyen:

- **Agua potable**: Es importante tener suficiente agua para beber y cocinar durante al menos 3 días. Se recomienda almacenar un mínimo de 4 litros de agua por persona por día.
- **Comida no perecedera**: Alimentos enlatados, frutas secas, barras de proteínas y alimentos envasados son opciones excelentes que no se echarán a perder fácilmente. Es importante tener suficiente comida para al menos 3 días, aunque lo ideal es tener suficiente para varias semanas o incluso meses.
- **Medicamentos**: Si usted o alguien en su hogar depende de medicamentos recetados, es importante tener suficiente para varias semanas. También es importante tener medicamentos básicos de primeros auxilios, como analgésicos, vendas y desinfectantes.
- **Equipo de protección personal**: Guantes, mascarillas y gafas de protección pueden ser necesarios para evitar la infección. Es importante tener suficiente equipo de protección personal para todos los miembros del hogar.

Habilidades

Además de tener los suministros adecuados, es importante tener habilidades y conocimientos útiles para enfrentar un apocalipsis zombi. Algunas habilidades importantes incluyen:

- Primeros auxilios: Saber cómo aplicar los primeros auxilios puede ser vital en una emergencia. Saber cómo realizar la reanimación cardiopulmonar (RCP), detener una hemorragia y tratar una lesión puede salvar vidas.
- Defensa personal: Saber cómo defenderse y evitar ataques de zombis puede ser crucial. Aprender artes marciales, técnicas de lucha y cómo usar armas pueden ser útiles para enfrentar una emergencia.
- Supervivencia en la naturaleza: Si es necesario abandonar la zona, saber cómo sobrevivir en la naturaleza puede ser vital. Saber cómo construir un refugio, encontrar agua y hacer fuego son habilidades útiles.
- Conocimiento de herramientas y tecnología: Saber cómo usar herramientas y tecnología, como radios, mapas y brújulas, puede ser esencial para la supervivencia.

¿Qué habilidades son necesarias para la supervivencia con zombis?

En un apocalipsis zombi, la habilidad de sobrevivir depende en gran medida de las habilidades que se posean. La mayoría de las habilidades que se necesitan para sobrevivir en un apocalipsis zombi son habilidades básicas de supervivencia, pero también hay habilidades específicas que son necesarias en este tipo de escenario. A continuación, se presentan algunas de las habilidades más importantes para sobrevivir en un mundo infestado de zombis:

1. Habilidades de supervivencia básicas

Las habilidades básicas de supervivencia son esenciales en cualquier situación de emergencia. En un apocalipsis zombi, estas habilidades pueden marcar la diferencia entre la vida y la muerte. Algunas de las habilidades básicas de supervivencia que son importantes en un escenario de zombis son:

- Búsqueda de agua: En un apocalipsis zombi, encontrar agua limpia es esencial. Saber cómo encontrar, purificar y almacenar agua puede ayudar a sobrevivir durante largos períodos de tiempo.
- Búsqueda de alimentos: La comida es esencial para la supervivencia. Saber cómo identificar, recolectar y preparar alimentos silvestres es una habilidad importante en un apocalipsis zombi.
- Refugio: Un lugar seguro para refugiarse es esencial en un apocalipsis

zombi. Saber cómo construir refugios improvisados y encontrar lugares seguros para pasar la noche es una habilidad importante.

- Primeros auxilios: En un mundo donde la atención médica puede no estar disponible, saber cómo administrar primeros auxilios básicos es esencial. Saber cómo tratar cortes, quemaduras, fracturas y enfermedades menores puede ayudar a evitar complicaciones graves.

1. Habilidades de defensa

La defensa es una habilidad importante en un apocalipsis zombi. Saber cómo protegerse de los zombis y de otros supervivientes que podrían representar una amenaza es esencial. Algunas habilidades de defensa importantes incluyen:

- Armas de fuego: Saber cómo usar armas de fuego es una habilidad importante en un apocalipsis zombi. Sin embargo, es importante recordar que el uso de armas de fuego también puede atraer la atención de los zombis.
- Armas cuerpo a cuerpo: Las armas cuerpo a cuerpo, como machetes, hachas, palos y cuchillos, son armas efectivas en un apocalipsis zombi. Saber cómo usar estas armas y cómo mantenerlas en buen estado es esencial.
- Combate cuerpo a cuerpo: Las habilidades de combate cuerpo a cuerpo, como el boxeo, la lucha y el jiu-jitsu, son importantes en un apocalipsis zombi. Saber cómo defenderse y cómo incapacitar a un oponente es esencial.

1. Habilidades de sigilo

En un apocalipsis zombi, es importante ser capaz de moverse con sigilo para evitar atraer la atención de los zombis. Saber cómo moverse en silencio y cómo camuflarse puede ayudar a evitar peligros innecesarios. Algunas habilidades de sigilo importantes incluyen:

- Camuflaje: Saber cómo camuflarse y mezclarse con el entorno puede ayudar a evitar la detección por parte de los zombis. Saber cómo crear y utilizar ropa camuflada y cómo ocultar el olor corporal puede ser útil en este sentido.
- Movimiento silencioso: Saber cómo moverse sin hacer ruido es una habilidad importante en un apocalipsis zombi. Saber cómo pisar suavemente y cómo moverse de manera eficiente puede ayudar a evitar la detección por parte de los zombis.
- Observación: La capacidad de observar y analizar el entorno es importante en un apocalipsis zombi. Saber cómo detectar posibles peligros y cómo evitarlos puede ser esencial para la supervivencia.

1. Habilidades de construcción y reparación

En un mundo en el que la infraestructura puede haber colapsado, saber cómo construir y reparar cosas puede ser esencial. Algunas habilidades importantes en este sentido incluyen:

- Construcción de refugios: Saber cómo construir refugios improvisados y cómo reparar estructuras dañadas puede ser esencial en un apocalipsis zombi.
- Reparación de vehículos: En un mundo en el que la mayoría de la gente ha abandonado los vehículos, saber cómo repararlos puede ser una habilidad valiosa. Un vehículo en buen estado puede ser una herramienta importante para escapar de los zombis o para moverse de un lugar a otro.
- Conocimientos de ingeniería: Saber cómo crear herramientas y máquinas simples puede ser útil en un mundo en el que los recursos son escasos. Saber cómo crear una polea, una palanca o un arado puede marcar la diferencia entre sobrevivir y morir.

1. Habilidades sociales

En un apocalipsis zombi, la capacidad de interactuar con otros supervivientes puede ser esencial. Saber cómo comunicarse y cómo negociar puede ser útil para obtener recursos y para formar alianzas. Algunas habilidades importantes en este sentido incluyen:

· Comunicación: Saber cómo comunicarse con otros supervivientes es esencial. Saber cómo hablar en público, cómo persuadir y cómo escuchar puede ser útil en este sentido.
· Negociación: La habilidad de negociar y llegar a acuerdos puede ser esencial en un apocalipsis zombi. Saber cómo ceder y cómo buscar soluciones creativas puede ayudar a resolver conflictos y a obtener recursos.

Las habilidades necesarias para sobrevivir en un apocalipsis zombi son habilidades básicas de supervivencia, habilidades de defensa, habilidades de sigilo, habilidades de construcción y reparación, y habilidades sociales. Saber cómo desarrollar estas habilidades puede marcar la diferencia entre sobrevivir y morir en un mundo infestado de zombis.

Planificación

Tener un plan bien pensado es esencial para la preparación para un apocalipsis zombi. Algunos aspectos importantes del plan incluyen:

- Ruta de escape: Saber cómo salir de la zona afectada por los zombis es esencial. Es importante tener varias rutas de escape y tener en cuenta los peligros potenciales en cada ruta.
  - Lugar de reunión: Tener un lugar de reunión designado fuera de la zona afectada puede ayudar a asegurar que todos los miembros de la familia o grupo de supervivencia se encuentren y estén seguros. Este lugar debe ser fácil de encontrar y tener suficiente espacio para acomodar a todos.
  - Comunicación: Mantenerse en contacto con los miembros del grupo de supervivencia es esencial. Es importante tener un plan de comunicación en caso de que los servicios de comunicación tradicionales no estén disponibles.
  - Plan de acción: Tener un plan de acción en caso de un ataque de zombis o de otro peligro es esencial. Todos los miembros del grupo deben saber lo que se espera de ellos y cómo deben actuar en una situación de emergencia.

Práctica

La práctica es esencial para asegurarse de que el plan de emergencia funcione. Practicar el plan de escape, la comunicación y las habilidades de supervivencia en diferentes situaciones y escenarios puede ayudar a asegurarse de que todos los miembros del grupo sepan cómo actuar en una emergencia. Además, la práctica también ayuda a identificar posibles problemas y a solucionarlos antes de que ocurran.

Estar preparado para un apocalipsis zombi implica tener los suministros, habilidades, conocimientos y planificación adecuados. Tomar medidas para prepararse puede aumentar significativamente las posibilidades de supervivencia en una emergencia.

¿Cómo armar un kit de supervivencia?

Armar un kit de supervivencia es una tarea importante si quieres estar preparado para un apocalipsis zombi o cualquier otra situación de emergencia. En este apartado, te enseñaré cómo armar un kit de supervivencia que te ayudará a sobrevivir en un mundo infestado de zombis.

1.¿Qué es un kit de supervivencia?

Un kit de supervivencia es un conjunto de herramientas y suministros que se utilizan para sobrevivir en una situación de emergencia. El kit de supervivencia puede ser tan pequeño como una mochila pequeña o tan grande como un vehículo todoterreno.

El propósito del kit de supervivencia es proporcionarte las herramientas y los suministros necesarios para sobrevivir en un ambiente hostil, como un apocalipsis zombi o un desastre natural. El kit de supervivencia debe contener todo lo que necesitas para sobrevivir durante un corto período de tiempo, como unos días o una semana.

2.¿Qué debe contener un kit de supervivencia?

Un kit de supervivencia debe contener elementos que te permitan sobrevivir en situaciones de emergencia. Algunos de los elementos básicos que deberías incluir en tu kit de supervivencia son:

- **Agua**: El agua es un elemento esencial para la supervivencia. Debes incluir al menos una botella de agua y un filtro de agua en tu kit de supervivencia.
- **Comida**: La comida es otro elemento esencial para la supervivencia. Debes incluir alimentos no perecederos como barras energéticas, frutos secos, frutas deshidratadas, y enlatados.

- **Equipo de primeros auxilios**: El equipo de primeros auxilios es esencial en situaciones de emergencia. Debes incluir elementos como vendas, gasas, medicamentos, y desinfectantes.
- **Herramientas de supervivencia**: Las herramientas de supervivencia son importantes para la construcción de refugios y la reparación de objetos. Debes incluir elementos como un cuchillo, un hacha, una sierra de mano, y un martillo.
- **Kit de higiene**: La higiene personal es importante para prevenir enfermedades. Debes incluir elementos como jabón, toallas húmedas, papel higiénico y cepillo de dientes.
- **Ropa**: La ropa adecuada es importante para protegerte del clima y otros peligros. Debes incluir elementos como un poncho de lluvia, una chaqueta, botas de montaña, y guantes de trabajo.
- **Equipo de navegación**: El equipo de navegación es importante para orientarte en un terreno desconocido. Debes incluir elementos como un mapa, una brújula, y un GPS.

Armar un kit de supervivencia puede ser una tarea complicada. Aquí te presento una lista de pasos para armar tu propio kit de supervivencia:

- Paso 1: Selecciona una mochila o bolso que sea resistente y de un tamaño adecuado para transportar todo tu kit de supervivencia.
- Paso 2: Selecciona los elementos que quieres incluir en tu kit de supervivencia basándote en los elementos mencionados anteriormente.
- Paso 3: Compra los elementos que necesites

Además de los elementos básicos mencionados anteriormente, hay otros elementos que pueden ser útiles en un kit de supervivencia en un apocalipsis zombi, tales como:

- **Armamento**: si bien no es legal en todos los países, en caso de una emergencia de este tipo, puede ser importante contar con armas de fuego y munición para defenderse de los zombis o para cazar alimentos. Es importante tener en cuenta que el uso de armas de fuego puede atraer la atención de otros sobrevivientes que podrían convertirse en una amenaza.

- **Herramientas**: cuchillos, hachas, serruchos, martillos y otros tipos de herramientas pueden ser útiles para cortar madera, construir refugios y realizar otras tareas necesarias para sobrevivir.
- **Ropa de protección**: ropa resistente y botas de montaña pueden ser útiles para protegerse de mordeduras de zombis, así como de otros peligros como espinas, ramas y otros obstáculos en el camino.
- **Elementos de higiene**: en una situación de emergencia como un apocalipsis zombi, es importante mantener la higiene para prevenir enfermedades. Elementos como jabón, papel higiénico, cepillo y pasta de dientes, toallas y otros elementos de higiene personal pueden ser útiles para mantener la limpieza y la salud.

Es importante que cada persona adapte su kit de supervivencia a sus necesidades y habilidades personales, así como a las condiciones específicas de la zona donde se encuentre. También es importante recordar que un kit de supervivencia no garantiza la supervivencia, sino que es una herramienta que puede ser útil en caso de emergencia. La supervivencia en un apocalipsis zombi dependerá en gran medida de la preparación previa, la capacidad de adaptación, la habilidad para trabajar en equipo y la capacidad de tomar decisiones rápidas en situaciones de alto estrés.

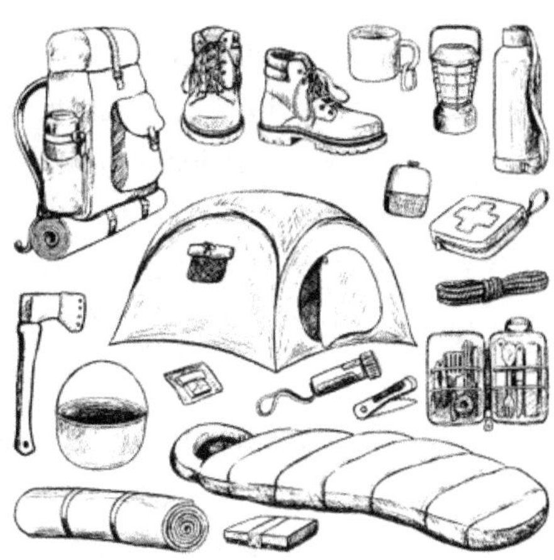

¿Cómo preparar una zona segura?

Una vez que se cuenta con un kit de supervivencia y se han desarrollado las habilidades necesarias para la supervivencia en un apocalipsis zombi, es importante tener una zona segura donde refugiarse. En esta sección, se presentarán algunas pautas para preparar una zona segura en caso de emergencia.

1. Ubicación: lo primero que hay que tener en cuenta a la hora de preparar una zona segura es la ubicación. Es importante buscar un lugar que sea fácil de defender y que no atraiga la atención de los zombis ni de otros sobrevivientes. Un lugar aislado en las montañas o en el bosque puede ser una buena opción, ya que es más difícil de alcanzar y es menos probable que atraiga la atención. También se puede buscar un lugar que sea fácil de fortificar, como una casa con puertas y ventanas de metal o madera resistente.

2. Fortificación: una vez que se ha elegido un lugar, es importante fortificarlo para protegerse de los zombis y de otros sobrevivientes. Es recomendable construir un muro alrededor del lugar para evitar que los zombis entren, así como instalar cámaras de seguridad y trampas para detectar y atrapar a cualquier intruso. También se puede fortificar la entrada de la zona segura con barreras y obstáculos, como rocas, árboles caídos o vehículos.

3. Abastecimiento: es importante contar con suficientes suministros para sobrevivir en la zona segura, incluyendo alimentos, agua, medicinas y otros elementos esenciales. Es recomendable tener un jardín para

cultivar alimentos frescos y contar con un sistema de recolección y purificación de agua. También se pueden almacenar alimentos no perecederos y otros suministros esenciales, como medicamentos y herramientas de supervivencia.

4. Comunicación: en una situación de emergencia, es importante mantener la comunicación con otros sobrevivientes y con el mundo exterior. Es recomendable contar con un radio o un teléfono satelital para mantenerse informado sobre las condiciones del mundo exterior y para pedir ayuda en caso de emergencia. También se puede usar un sistema de señales para comunicarse con otros sobrevivientes en la zona.

5. Plan de evacuación: por último, es importante tener un plan de evacuación en caso de que la zona segura sea invadida por los zombis o por otros sobrevivientes. Es recomendable tener varios puntos de salida y un plan de escape detallado para cada uno. También se puede establecer un punto de reunión en caso de que los miembros del grupo se separen.

Preparar una zona segura en un apocalipsis zombi puede ser un proceso largo y difícil, pero es esencial para garantizar la supervivencia a largo plazo. Es importante tener en cuenta que la preparación y la adaptación son fundamentales para sobrevivir en una situación de emergencia, y que ningún plan puede ser completamente infalible. La supervivencia en un apocalipsis zombi dependerá en gran medida de la capacidad de adaptación y de la habilidad para tomar decisiones rápidas y eficaces en situaciones de alto estrés.

¿Cómo seleccionar el mejor lugar para establecer una zona segura y cuáles son los factores que se deben considerar al elegir un lugar seguro?

Seleccionar el lugar adecuado para establecer una zona segura es una de las decisiones más importantes que se deben tomar al prepararse para un apocalipsis zombi. Hay varios factores que deben considerarse al elegir un lugar seguro, tales como la ubicación geográfica, la disponibilidad de recursos naturales, la accesibilidad y la seguridad.

En cuanto a la ubicación geográfica, se recomienda buscar un lugar que esté alejado de las áreas urbanas y suburbanas, ya que son los lugares más probables de ser afectados por una epidemia zombi. Es importante buscar un lugar que sea aislado y que tenga suficiente distancia de las zonas pobladas. Además, se debe considerar la disponibilidad de recursos naturales, como agua potable, alimentos y madera para combustible.

La accesibilidad también es un factor importante a considerar. El lugar elegido debe ser fácilmente accesible en caso de una emergencia y no debe estar ubicado en una zona que sea difícil de llegar. Además, se recomienda buscar un lugar que esté cerca de rutas de escape, carreteras principales y áreas de abastecimiento.

La seguridad es otro factor crucial a considerar. Se recomienda buscar un lugar que tenga un terreno elevado, de manera que sea fácil de defender. También se debe buscar un lugar que tenga una buena visibilidad, para que se pueda ver a los zombis que se acerquen. Finalmente, es importante buscar un lugar que tenga estructuras seguras y que se puedan fortificar para protegerse de los zombis.

Un ejemplo de un lugar seguro podría ser una granja en una zona rural, que esté ubicada en un terreno elevado y que tenga acceso a recursos naturales, como agua y tierra cultivable. Además, si la granja cuenta con un cerco perimetral o una pared de piedra, se puede fortificar fácilmente para protegerse de los zombis.

Cómo obtener y almacenar agua potable y alimentos no perecederos para sobrevivir en una situación de apocalipsis zombi a largo plazo

En una situación de apocalipsis zombi, tener acceso a agua potable y alimentos es esencial para la supervivencia a largo plazo. Es importante contar con una reserva de agua potable, ya que en caso de una crisis, el suministro de agua puede verse comprometido y el agua disponible podría estar contaminada.

Una opción para obtener agua potable es la recolección de agua de lluvia. Para ello, se necesitaría un sistema de recolección y almacenamiento adecuado, como barriles de agua y un sistema de filtración. También se pueden explorar fuentes de agua cercanas, como ríos o lagos, pero se debe tener en cuenta que estas fuentes podrían estar contaminadas por los zombis o por otros desechos.

Filtrar agua puede ser una tarea crucial en una situación de supervivencia, y existen diversas formas de hacerlo incluso con objetos caseros. A continuación, te presento algunas opciones para filtrar agua en una emergencia:

Usar arena y carbón activado: si tienes acceso a arena y carbón, puedes usarlos para filtrar el agua. Primero, haz una capa de arena en el fondo de un recipiente, luego añade una capa de carbón activado y termina con otra capa de arena. Vierte el agua por encima y deja que se filtre a través de las capas.

Ten en cuenta que este método no mata las bacterias ni los virus en el agua, solo la filtra.

Hacer un filtro con botellas de plástico: puedes cortar el fondo de una botella de plástico y colocar una tela o un paño en el fondo. Luego, coloca capas de arena, grava y carbón activado en la botella, de manera que la capa de carbón quede en la parte superior. Vierte el agua por encima y deja que se filtre a través de las capas.

Hacer un filtro con un pañuelo y un embudo: si no tienes acceso a botellas o materiales filtrantes, puedes hacer un filtro improvisado con un pañuelo o tela y un embudo. Coloca el pañuelo en el embudo y vierte el agua por encima. El pañuelo atrapará los sólidos y algunas impurezas en el agua.

Es importante destacar que estos métodos no son 100% efectivos en la eliminación de bacterias y virus en el agua. Por lo tanto, es recomendable hervir el agua antes de consumirla o utilizar tabletas de purificación de agua para asegurarte de que esté completamente segura para beber.

En cuanto a los alimentos, se deben buscar opciones no perecederas que tengan una larga vida útil, como enlatados, arroz, legumbres y alimentos deshidratados. Es importante almacenar los alimentos adecuadamente para prolongar su vida útil y evitar la contaminación. Se recomienda almacenar los alimentos en un lugar fresco y seco, y rotarlos regularmente para asegurarse de que no se caduquen.

Además, es importante tener en cuenta que la obtención y almacenamiento de alimentos y agua es un esfuerzo continuo y requiere de una planificación cuidadosa. También se deben considerar los recursos necesarios para cocinar y preparar los alimentos, como una fuente de calor y utensilios de cocina.

Algunos ejemplos de alimentos no perecederos que se pueden almacenar incluyen:

· Enlatados de frutas y verduras

· Enlatados de carne y pescado
· Arroz y pasta seca
· Legumbres secas
· Barras de granola y alimentos deshidratados

Para sobrevivir a largo plazo en una situación de apocalipsis zombi, es esencial contar con una reserva de agua potable y alimentos no perecederos adecuados y almacenarlos correctamente para prolongar su vida útil. La planificación cuidadosa y la adquisición de habilidades necesarias para la supervivencia también son fundamentales.

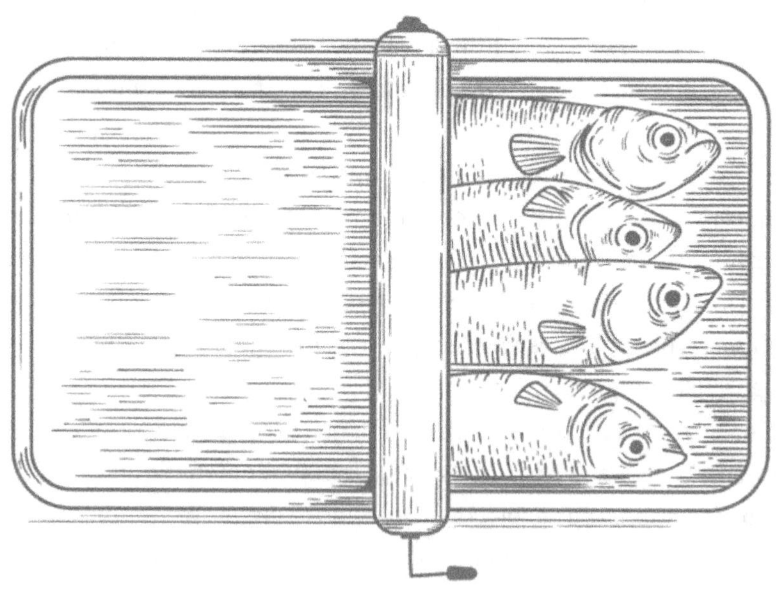

Cómo asegurar y fortalecer tu hogar o refugio contra los zombis y otros peligros, como saqueadores y depredadores.

La seguridad de tu hogar o refugio es crucial en una situación de apocalipsis zombi, ya que no solo tendrás que protegerte de los no muertos, sino también de otros peligros potenciales, como saqueadores y depredadores.

Para asegurar y fortalecer tu hogar, es importante identificar y fortificar las áreas vulnerables. Las puertas y ventanas son puntos críticos de entrada, por lo que deben ser aseguradas con cerraduras resistentes y rejas de seguridad. También es recomendable reforzar las paredes y techos con materiales resistentes, como acero o concreto.

Además, se pueden construir trampas y obstáculos alrededor de la propiedad para desalentar a los intrusos. Esto puede incluir barreras físicas, como alambradas y barricadas, o trampas más ingeniosas, como pozos con estacas ocultas.

Es importante recordar que la seguridad no solo se trata de fortificar tu hogar, sino también de mantener un perfil bajo. Esto significa evitar hacer ruido innecesario o encender luces brillantes que puedan llamar la atención de los no muertos u otros sobrevivientes. También es importante ser cuidadoso con el uso del fuego, ya que puede ser una señal de humo visible desde lejos.

En resumen, para asegurar y fortalecer tu hogar o refugio contra los zombis y otros peligros, es importante:

· Identificar y fortificar las áreas vulnerables, como puertas y ventanas.

· Reforzar las paredes y techos con materiales resistentes.

· Construir trampas y obstáculos alrededor de la propiedad para desalentar a los intrusos.

· Mantener un perfil bajo y evitar hacer ruido o encender luces brillantes innecesarias.

Cómo identificar y obtener armas efectivas y cómo utilizarlas de manera segura y responsable en situaciones de emergencia

La obtención y uso de armas es un tema delicado y que debe ser abordado con precaución y responsabilidad. En una situación de apocalipsis zombi, las armas pueden ser una herramienta esencial para la supervivencia, pero es importante tener en cuenta que también pueden ser peligrosas si no se manejan adecuadamente.

La identificación y obtención de armas efectivas dependerá de la ubicación y disponibilidad de recursos en la zona segura. Algunas opciones comunes pueden incluir armas de fuego, arcos y flechas, cuchillos y herramientas de mano, y armas improvisadas.

Es importante saber cómo utilizar estas armas de manera segura y responsable. Esto incluye conocer las leyes locales sobre posesión y uso de armas, así como tomar medidas de seguridad básicas, como mantener las armas fuera del alcance de los niños y almacenarlas de manera segura.

En cuanto a la preparación, es recomendable tomar clases de capacitación y entrenamiento en el uso de armas, especialmente si es la primera vez que se posee una. La práctica regular de tiro puede ser esencial para mantener la habilidad y la seguridad en el uso de armas.

Es importante también considerar que en una situación de apocalipsis zombi, el uso de armas puede atraer la atención no deseada de otros sobrevivientes o de zombis. Por lo tanto, el uso de armas debe ser una última opción y se debe considerar cuidadosamente si la situación lo amerita.

La obtención y uso de armas es una parte importante de la preparación para un apocalipsis zombi, pero debe ser abordado con precaución y responsabilidad. Es importante tomar clases de capacitación y entrenamiento en el uso de armas, conocer las leyes locales y tomar medidas de seguridad básicas para garantizar la seguridad y el éxito en situaciones de emergencia.

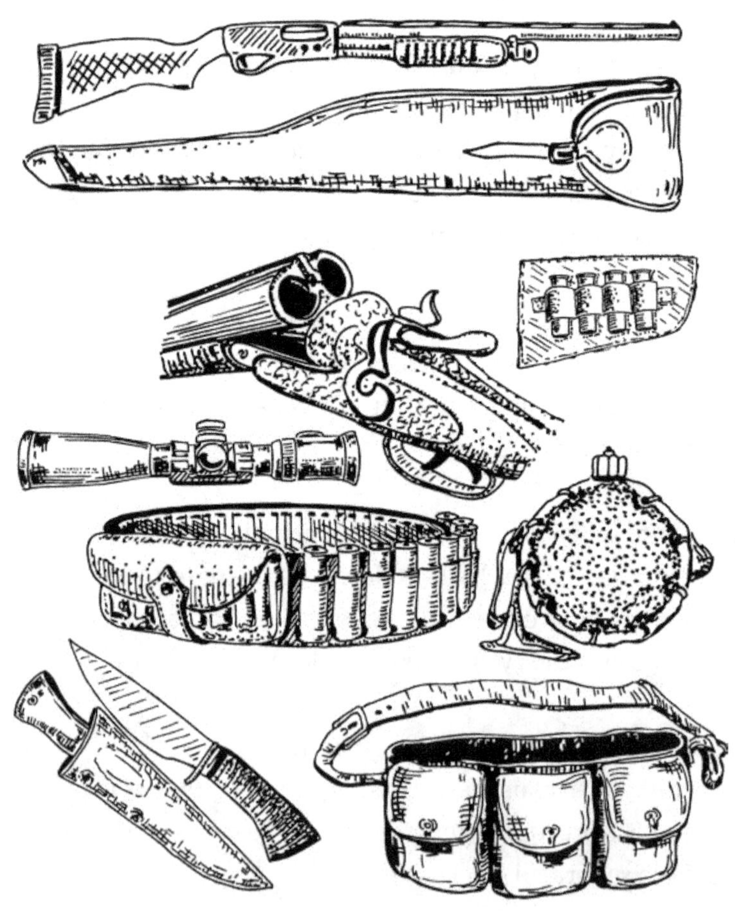

Qué habilidades de supervivencia son importantes para la supervivencia en una situación de apocalipsis zombi, como la navegación, la caza y la pesca, y la construcción de refugios improvisados.

En una situación de apocalipsis zombi, las habilidades de supervivencia pueden marcar la diferencia entre la vida y la muerte. Es importante estar preparado para sobrevivir en un entorno hostil donde los recursos son limitados y los peligros son constantes. Aquí hay algunas habilidades importantes que pueden ser útiles en una situación de apocalipsis zombi:

1. Navegación: En una situación de apocalipsis zombi, es posible que deba abandonar su hogar y aventurarse en territorio desconocido para buscar suministros o un lugar seguro. Es importante tener habilidades de navegación para poder encontrar su camino de regreso y evitar perderse. Aprender a leer mapas y usar una brújula puede ser útil en este caso.

2. Caza y pesca: En una situación de apocalipsis zombi, es posible que deba buscar comida por su cuenta. Saber cazar y pescar puede ser una habilidad valiosa para asegurarse de que tenga suficiente comida para sobrevivir. Además, aprender a identificar plantas comestibles y a recolectar frutas y nueces también puede ser útil.

3. Construcción de refugios improvisados: Si tiene que abandonar su hogar, puede ser necesario construir un refugio improvisado para protegerse del clima y los peligros. Saber cómo construir refugios con materiales naturales como ramas, hojas y tierra puede ser útil.

Es importante practicar estas habilidades antes de que ocurra una crisis para poder manejarlas efectivamente cuando sea necesario. Además, es importante recordar que estas habilidades no son solo para la supervivencia en una situación de apocalipsis zombi, sino que también pueden ser útiles en situaciones de emergencia más comunes como terremotos, inundaciones o huracanes.

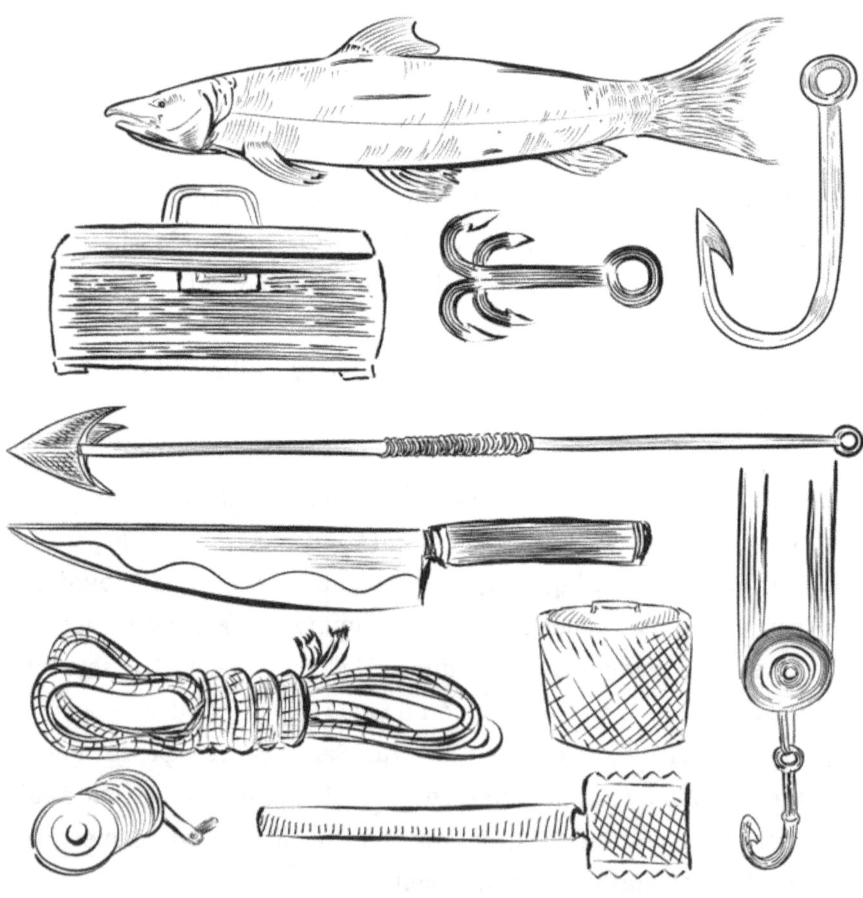

Cómo establecer una comunicación efectiva con otros sobrevivientes y cómo trabajar juntos para maximizar tus posibilidades de supervivencia.

En una situación de apocalipsis zombi, la comunicación es esencial para la supervivencia. Es importante establecer canales de comunicación efectivos con otros sobrevivientes, ya sea a través de radios de dos vías, teléfonos satelitales o señales de humo. También es importante tener un plan de comunicación en caso de que los canales habituales fallen o sean interceptados por otros grupos.

Trabajar juntos en equipo es crucial para maximizar las posibilidades de supervivencia. Es importante establecer roles y responsabilidades claras para cada miembro del equipo y asegurarse de que cada uno tenga las habilidades necesarias para cumplir con su función. Por ejemplo, alguien con habilidades médicas puede ser el encargado de tratar lesiones y enfermedades, mientras que alguien con habilidades de construcción puede ser el encargado de construir y fortalecer el refugio.

Además, trabajar juntos también significa compartir recursos y habilidades. Si alguien tiene conocimientos de caza y pesca, puede enseñar a otros miembros del grupo para que puedan obtener alimentos de manera más eficiente. Si alguien tiene habilidades de construcción, puede enseñar a otros miembros del grupo cómo construir un refugio improvisado.

Cómo establecer una rutina diaria para mantener la salud física y mental durante una situación de apocalipsis zombi, incluyendo el ejercicio, el sueño y la meditación.

Establecer una rutina diaria es crucial para mantener la salud física y mental durante una situación de apocalipsis zombi. La incertidumbre y el estrés pueden ser abrumadores, pero mantener una rutina te ayuda a mantener un sentido de normalidad y control en un mundo caótico.

El ejercicio es una parte importante de una rutina diaria. No solo ayuda a mantener la salud física, sino que también puede reducir el estrés y mejorar el estado de ánimo. En un mundo post-apocalíptico, es posible que no tengas acceso a un gimnasio o equipo de ejercicio de alta tecnología. Pero hay muchas maneras de hacer ejercicio sin equipo, como correr, hacer sentadillas y flexiones, y practicar yoga.

El sueño también es fundamental para mantener la salud física y mental. Asegúrate de dormir lo suficiente cada noche, y trata de mantener una rutina de sueño regular. Si tienes dificultades para dormir debido a la ansiedad o el estrés, intenta establecer un ritual nocturno para ayudarte a relajarte, como leer un libro o tomar un baño caliente.

La meditación y la práctica de la atención plena también pueden ser beneficiosas para la salud mental. En una situación de apocalipsis zombi, es fácil perder la calma y sentirse abrumado. Tomarse unos minutos cada día para meditar o practicar la atención plena puede ayudarte a reducir el estrés y mantener un enfoque claro y tranquilo.

Es importante recordar que cada persona es diferente y puede tener diferentes necesidades para mantener la salud física y mental durante una situación de apocalipsis zombi. Experimenta con diferentes hábitos y rutinas hasta encontrar lo que funciona mejor para ti.

Cómo preparar un plan de escape o evacuación y qué rutas de escape son las más efectivas y seguras.

Preparar un plan de escape o evacuación es crucial en una situación de apocalipsis zombi, ya que puede salvar vidas y minimizar el riesgo de ser atrapado por los no muertos. Al establecer un plan de escape, se deben considerar varios factores, como la ubicación del refugio, la disponibilidad de transporte y las rutas de escape seguras.

Para comenzar a preparar un plan de escape, es importante identificar las posibles rutas de escape en el área donde se encuentra tu refugio. Debes considerar todas las opciones de transporte, incluyendo vehículos, bicicletas o incluso a pie, y evaluar la viabilidad de cada una de ellas en función del terreno, la distancia y los posibles obstáculos.

Además, es importante establecer un punto de encuentro seguro fuera de la ciudad o área afectada por el apocalipsis zombi, donde puedas reunirte con otros miembros de tu grupo si es necesario. También debes tener en cuenta la disponibilidad de suministros y refugio en el punto de encuentro.

Para asegurarte de que tu plan de escape es efectivo, es recomendable realizar simulaciones y entrenamientos prácticos para identificar cualquier debilidad o problema en el plan. También es importante actualizar regularmente el plan de escape en función de cualquier cambio en el entorno o la situación.

Un ejemplo de un plan de escape puede ser el siguiente: si tu refugio está ubicado en un edificio alto en el centro de la ciudad, tu primera opción podría ser salir del edificio y dirigirte a un estacionamiento subterráneo cercano donde tengas un vehículo preparado y equipado para la huida. Si no es posible utilizar un vehículo, la segunda opción podría ser buscar bicicletas o motocicletas en el área y escapar utilizando una ruta segura previamente identificada. En caso de que todas las rutas estén bloqueadas o sean inseguras, la tercera opción podría ser salir del área a pie a través de un camino rural alejado de la ciudad.

En general, es importante tener un plan de escape bien pensado y practicado para maximizar las posibilidades de supervivencia en una situación de apocalipsis zombi.

Cómo interactuar con otros grupos de sobrevivientes y cómo evitar conflictos y confrontaciones innecesarias en una situación de apocalipsis zombi.

En una situación de apocalipsis zombi, es probable que encuentres a otros sobrevivientes que también están tratando de mantenerse con vida. La interacción con estos grupos puede ser una oportunidad para obtener recursos y habilidades que pueden ayudar en la supervivencia. Sin embargo, también hay un riesgo de conflicto y confrontaciones innecesarias si no se maneja adecuadamente.

Para evitar conflictos innecesarios, es importante mantener una actitud calmada y cooperativa al interactuar con otros grupos. A continuación se presentan algunas recomendaciones:

1. Establece la comunicación: Si encuentras a otros grupos de sobrevivientes, es importante establecer una comunicación clara desde el principio. Puedes presentarte y ofrecer tu ayuda si es necesario. Si tienes un radio, puedes intentar contactar a otros grupos para establecer una comunicación a distancia.

2. Negocia de manera justa: Si estás intercambiando recursos con otros grupos, asegúrate de que el intercambio sea justo para ambas partes. No intentes engañar o aprovecharte de otros grupos, ya que esto puede generar desconfianza y conflictos innecesarios.

3. Resuelve los conflictos de manera pacífica: Si surgen conflictos con otros grupos, intenta resolverlos de manera pacífica y diplomática. No recurras a la violencia a menos que sea absolutamente necesario para protegerte a ti mismo o a tu grupo.

4. Trabaja juntos en proyectos comunes: Si hay proyectos comunes en los que puedan trabajar juntos, como la construcción de un refugio o la protección de un área común, hazlo. Trabajar juntos puede ayudar a crear un sentido de comunidad y a reducir el riesgo de conflictos.

5. Sé consciente de las diferencias culturales: En una situación de apocalipsis zombi, es posible que te encuentres con personas de diferentes orígenes culturales. Sé consciente de las diferencias culturales y trata de respetarlas. No impongas tus valores o costumbres a otros grupos, ya que esto puede generar resentimiento y conflictos.

En general, la interacción con otros grupos de sobrevivientes en una situación de apocalipsis zombi puede ser una oportunidad para obtener recursos y habilidades que pueden ayudar en la supervivencia. Sin embargo, es importante manejar estas interacciones de manera pacífica y cooperativa para evitar conflictos innecesarios que puedan poner en peligro la seguridad y la supervivencia de todos los grupos involucrados.

III

Protección

La protección es una parte clave para sobrevivir en un apocalipsis zombi, ya que se está en constante peligro y se enfrenta a una amenaza en todo momento.

Algunos consejos que pueden ayudar en la protección

Aquí hay algunos consejos que pueden ayudar en la protección durante un apocalipsis zombi:

1. Armas: Es importante contar con armas de fuego o armas blancas para poder defenderse de los zombis. Las armas de fuego son útiles para mantener alejados a los zombis y las armas blancas son más silenciosas y fáciles de usar en espacios cerrados. Es importante tener entrenamiento en el uso de armas, para asegurarse de que se pueden usar correctamente en situaciones de estrés.

2. Refugios seguros: Tener un refugio seguro es crucial para la protección en un apocalipsis zombi. Los refugios deben estar ubicados en áreas alejadas de zonas pobladas y ser lo suficientemente resistentes para mantener a los zombis fuera. Es importante tener un sistema de vigilancia para detectar zombis y otras amenazas cercanas.

3. Compañeros de confianza: Tener compañeros de confianza es importante para la protección. Los compañeros pueden vigilar mientras se duerme o se ocupa en otras tareas. Además, los compañeros pueden ayudar en la protección y brindar apoyo emocional en situaciones de estrés.

4. Estrategias de defensa: Tener una estrategia de defensa bien elaborada es clave para la protección. Las estrategias pueden

incluir la creación de barreras, trampas o emboscadas para mantener a los zombis lejos del refugio o de la zona segura. Es importante que las estrategias sean revisadas y actualizadas regularmente para mantener la eficacia.

5. Equipo de protección: Es importante contar con equipo de protección, incluyendo cascos, guantes y botas. Esto ayuda a proteger el cuerpo en caso de un ataque de zombi. También es importante contar con equipo de protección para las armas, para asegurarse de que estén en buenas condiciones y sean seguras para usar.

6. Planes de escape: Tener planes de escape es crucial para la protección. En caso de un ataque, se debe tener un plan de escape bien elaborado para salir rápidamente y de manera segura. Es importante que los planes de escape sean practicados regularmente para asegurarse de que estén bien elaborados y sean efectivos en una situación de emergencia.

La protección es una parte importante de la supervivencia en un apocalipsis zombi. La planificación adecuada y la implementación de estrategias de protección pueden ayudar a mantenerse seguro y sobrevivir en una situación peligrosa.

¿Cómo protegerse de los zombis?

La protección es una parte clave para sobrevivir en un apocalipsis zombi, y parte de la protección es saber cómo protegerse de los zombis. Aquí hay algunos consejos que pueden ayudar a protegerse de los zombis:

1. Conocer las debilidades de los zombis: Los zombis tienen debilidades específicas que pueden ser explotadas para protegerse de ellos. Por ejemplo, los zombis son lentos y torpes, lo que los hace fáciles de esquivar. También son vulnerables a ataques en la cabeza, lo que significa que un disparo en la cabeza puede matar a un zombi instantáneamente. Conocer estas debilidades puede ayudar a protegerse de los zombis.

2. Evitar el contacto: La mejor manera de protegerse de los zombis es evitar el contacto con ellos. Esto significa mantenerse alejado de áreas donde se sabe que hay zombis y evitar a los zombis en movimiento. Si se necesita viajar, se deben evitar las zonas urbanas, ya que es más probable encontrar zombis en áreas pobladas.

3. Mantener la distancia: Si es necesario enfrentarse a un zombi, es importante mantener la distancia. Los zombis pueden atacar a corta distancia, pero tienen dificultades para alcanzar objetivos más lejanos. Mantener una distancia segura puede ayudar a protegerse de los zombis.

4. Protección física: Es importante contar con protección física, como ropa y equipo de protección, para protegerse de los ataques de los zombis. La ropa y el equipo deben ser duraderos y resistentes, y deben cubrir el cuerpo por completo. Se pueden usar guantes y botas para proteger las

extremidades, y se puede usar un casco para proteger la cabeza.

5. Utilizar barricadas: Las barricadas son una forma efectiva de protegerse de los zombis. Las barricadas pueden ser construidas con objetos como muebles, madera y vehículos. Es importante asegurarse de que las barricadas estén lo suficientemente resistentes como para mantener a los zombis fuera.

6. Utilizar trampas: Las trampas pueden ser usadas para atrapar zombis y mantenerlos alejados de las zonas seguras. Las trampas pueden incluir fosas, trampas explosivas y barreras eléctricas. Es importante asegurarse de que las trampas sean efectivas y seguras para usar.

7. Armas de fuego: Las armas de fuego son una forma efectiva de protegerse de los zombis. Las armas de fuego deben ser utilizadas con precaución, ya que pueden atraer a más zombis. Es importante contar con entrenamiento y experiencia en el uso de armas de fuego para asegurarse de que se puedan usar con seguridad y eficacia.

Protegerse de los zombis es una parte crucial para sobrevivir en un apocalipsis zombi. Conocer las debilidades de los zombis, evitar el contacto, mantener la distancia, contar con protección física, utilizar barricadas y trampas, y usar armas de fuego son algunas de las formas en que se puede protegerse de los zombis.

¿Qué armas son más efectivas contra los zombis?

En un apocalipsis zombi, tener la capacidad de defenderse es crucial para la supervivencia. Aunque muchas personas pueden sentirse incómodas al pensar en armas, es importante tener en cuenta que en un mundo post-apocalíptico, las reglas cambian. Si bien la idea de tener un arma puede parecer aterradora, es importante entender que en un mundo donde los zombis se han apoderado, los humanos necesitan protegerse a sí mismos y a los demás.

Entonces, ¿qué armas son más efectivas contra los zombis? La respuesta puede variar dependiendo de la situación, pero hay algunas opciones que se han demostrado como las más efectivas.

1. Armas de fuego: Las armas de fuego son una opción popular para muchos en un mundo zombi. Las armas de fuego como pistolas, rifles y escopetas son efectivas para detener a los zombis a distancia, lo que permite a los sobrevivientes mantenerse fuera del alcance de los zombis. Además, las armas de fuego son una opción más duradera que otras armas, ya que pueden ser utilizadas múltiples veces.

2. Armas cuerpo a cuerpo: Las armas cuerpo a cuerpo, como machetes, hachas y espadas, son una opción efectiva para los sobrevivientes que se enfrentan a los zombis a corta distancia. Estas armas pueden ser utilizadas para cortar y desmembrar a los zombis y son especialmente efectivas si el sobreviviente ha recibido entrenamiento en artes marciales

o ha desarrollado habilidades en el uso de armas cuerpo a cuerpo.

3. Armas de proyectiles: Las armas de proyectiles, como ballestas y arcos, son una opción popular para muchos sobrevivientes debido a que son silenciosas, lo que reduce el riesgo de atraer la atención de más zombis. Además, estas armas son reutilizables y no requieren de munición, lo que significa que los sobrevivientes pueden utilizarlas a largo plazo.

Es importante destacar que, aunque estas armas pueden ser efectivas, el uso inadecuado puede resultar en lesiones graves o incluso la muerte. Si decides utilizar armas en un mundo zombi, es crucial recibir entrenamiento y tener cuidado al utilizarlas.

Además de las armas mencionadas anteriormente, existen otras opciones que los sobrevivientes pueden considerar, como trampas y herramientas para construir barricadas. Es importante tener en cuenta que la elección de armas dependerá del tipo de amenaza que se esté enfrentando y de las habilidades y preferencias personales del sobreviviente.

Las armas son una herramienta importante en un mundo post-apocalíptico con zombis. Tener la capacidad de defenderse y protegerse a sí mismo y a los demás es crucial para la supervivencia. Si decides utilizar armas, es importante recibir entrenamiento y tener cuidado al utilizarlas. Recuerda, la vida de un sobreviviente depende de su capacidad para mantenerse seguro y protegido.

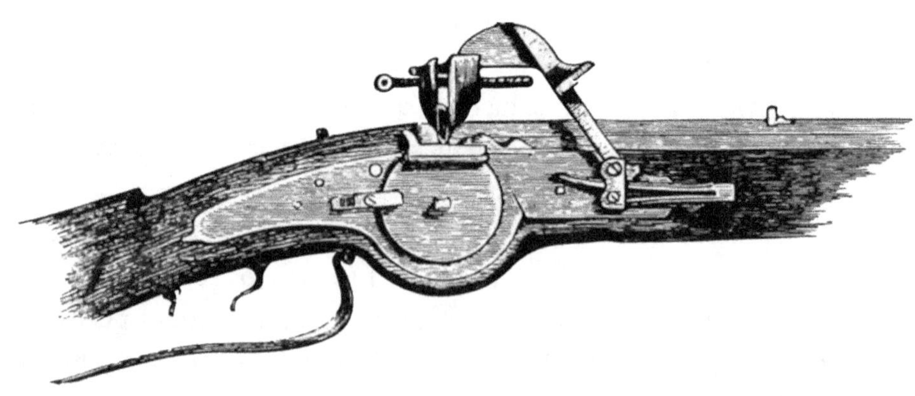

¿Cómo crear trampas para los zombis?

En un apocalipsis zombi, el peligro acecha en cada esquina, y es importante estar preparado para protegerse en todo momento. A veces, la mejor defensa es una buena ofensiva, pero también puede ser efectivo utilizar trampas para los zombis.

Las trampas pueden ser una excelente manera de proteger tu zona segura o de detener a un grupo de zombis que se acerquen a ti. Estas trampas no tienen que ser complejas ni elaboradas, simplemente deben ser efectivas.

A continuación, se presentan algunos consejos para crear trampas simples y efectivas para los zombis:

1. Trampas para pies: las trampas para pies son una forma efectiva de detener a los zombis en su camino. Una trampa para pies simple se puede hacer cavando un hoyo profundo y colocando estacas afiladas en el fondo. Cubre el hoyo con hojas o ramas para camuflar la trampa, y espera a que un zombi caiga en ella. Alternativamente, puedes usar una cuerda o un cable para hacer un lazo y colgarlo de un árbol, de manera que los zombis se enreden en él cuando pasen.

2. Trampas de ruido: los zombis son atraídos por el ruido, por lo que una trampa de ruido puede ser muy efectiva. Utiliza cualquier objeto ruidoso que puedas encontrar, como latas, campanas o alarmas, y colócalos en áreas donde los zombis puedan estar cerca. Cuando los zombis se acerquen, activa la trampa para distraerlos y alejarlos.

3. Trampas de fuego: los zombis no tienen miedo del fuego, pero pueden ser detenidos por él. Las trampas de fuego pueden ser efectivas para

detener a un grupo de zombis, pero deben ser usadas con precaución. Utiliza objetos inflamables como gasolina o alcohol y rocíalos en un área donde los zombis puedan estar cerca. Enciende el líquido y los zombis quedarán atrapados en el fuego. Sin embargo, ten en cuenta que el fuego también puede atraer a otros zombis, por lo que esta trampa debe ser usada con cuidado.

4. Trampas de agua: los zombis pueden ser detenidos por el agua. Las trampas de agua pueden ser efectivas para detener a los zombis, especialmente si son colocadas en áreas donde los zombis no pueden verlas. Cava un hoyo y llena el fondo con agua. Coloca una tabla o ramas en la parte superior del hoyo para hacerlo más difícil de ver. Los zombis que caigan en la trampa quedarán atrapados en el agua y podrán ser rematados con facilidad.

5. Trampas explosivas: las trampas explosivas pueden ser extremadamente peligrosas, pero también pueden ser muy efectivas para detener a los zombis. Utiliza explosivos caseros como dinamita o pólvora negra para crear una explosión que mate a los zombis. Sin embargo, ten en cuenta que esta trampa debe ser usada con precaución, ya que la explosión también puede dañar la zona segura y a ti mismo.

En conclusión, las trampas pueden ser una excelente manera de protegerse de los zombis y mantener tu zona segura.

Cómo construir barreras y fortificaciones para proteger tu zona segura o refugio contra los zombis y otros peligros, como saqueadores o depredadores humanos.

La construcción de barreras y fortificaciones es una parte importante de la protección en una situación de apocalipsis zombi. A continuación, se presentan algunos consejos para construir barreras y fortificaciones efectivas:

1. Identifica los puntos débiles: Antes de construir cualquier tipo de barrera o fortificación, debes identificar los puntos débiles en tu zona segura o refugio. Estos pueden incluir ventanas, puertas, muros o cercas.
2. Utiliza materiales resistentes: Los materiales resistentes como la madera, el metal o el concreto son ideales para construir barreras y fortificaciones. Evita usar materiales débiles como el plástico o la malla metálica, ya que no ofrecen suficiente protección contra los zombis.
3. Crea una barrera física: Una barrera física es cualquier cosa que pueda detener a los zombis y evitar que entren en tu zona segura. Esto puede incluir paredes, cercas, barricadas, etc. Es importante que la barrera sea lo suficientemente alta como para evitar que los zombis la salten.
4. Utiliza obstáculos: Los obstáculos son elementos que pueden hacer que sea más difícil para los zombis llegar a tu zona segura. Esto puede incluir zanjas, fosos, trincheras, etc. Si decides utilizar obstáculos, asegúrate

de que no obstaculicen tu propia capacidad para escapar en caso de emergencia.

5. Asegura las puertas y las ventanas: Las puertas y las ventanas son los puntos de entrada más comunes para los zombis. Es importante asegurarse de que estén bloqueadas y reforzadas. Las puertas y las ventanas también pueden ser cubiertas con materiales como láminas de metal o madera contrachapada para mayor seguridad.

6. Utiliza elementos disuasorios: Los elementos disuasorios pueden hacer que los zombis piensen dos veces antes de acercarse a tu zona segura. Estos pueden incluir alarmas, luces, sonidos fuertes, etc.

7. Mantén la zona segura limpia: La limpieza de tu zona segura es importante para evitar que los zombis se sientan atraídos por los restos y los desechos. Asegúrate de que no haya basura, alimentos u otros elementos que puedan atraer a los zombis.

La construcción de barreras y fortificaciones es una parte importante de la protección contra los zombis y otros peligros en una situación de apocalipsis zombi. Es importante utilizar materiales resistentes y crear barreras físicas y obstáculos para evitar que los zombis entren en tu zona segura. También es importante mantener la zona segura limpia y utilizar elementos disuasorios para evitar que los zombis se acerquen.

Cómo utilizar las trampas y obstáculos naturales en el terreno para desacelerar o detener a los zombis, como fosas, trincheras y barricadas de vehículos.

En una situación de apocalipsis zombi, puede ser necesario usar trampas y obstáculos naturales para detener o desacelerar a los zombis y proteger tu zona segura o refugio. A continuación se presentan algunos ejemplos de trampas y obstáculos que se pueden utilizar:

1. Fosas: Excavar fosas alrededor de tu zona segura o refugio puede ser una forma efectiva de detener a los zombis. Las fosas deben tener al menos dos metros de profundidad para asegurarse de que los zombis no puedan salir. Además, puedes cubrir las fosas con ramas, hojas u otros materiales para que los zombis no puedan verlas y caigan dentro.

2. Trincheras: Las trincheras son zanjas largas y estrechas que se pueden cavar para desacelerar a los zombis. Las trincheras pueden ser rellenadas con estacas de madera afiladas o materiales punzantes para evitar que los zombis las crucen. Además, puedes construir un puente o pasarela improvisados para que puedas cruzar la trinchera de manera segura.

3. Barricadas de vehículos: Las barricadas de vehículos pueden ser muy efectivas para detener a los zombis y proteger tu zona segura o refugio. Puedes utilizar vehículos abandonados o estacionados para construir

una barricada sólida alrededor de tu zona segura o refugio. Los vehículos pueden ser apilados uno encima del otro para formar una pared, o puedes utilizar los vehículos para crear una barrera en forma de V para desviar a los zombis.

4. Barreras naturales: Las barreras naturales, como los ríos, los acantilados y los barrancos, pueden ser muy efectivas para detener a los zombis. Si tu zona segura o refugio está cerca de una barrera natural, puedes utilizarla para protegerte de los zombis. Sin embargo, debes asegurarte de que no haya una forma fácil para que los zombis puedan cruzar la barrera.

Las trampas y obstáculos naturales pueden ser muy efectivos para detener a los zombis, pero también pueden ser peligrosos si no se utilizan correctamente. Si estás utilizando trampas o obstáculos naturales, asegúrate de que sean seguros para ti y para los demás sobrevivientes. Además, debes tener cuidado de no crear trampas que puedan atraparte a ti o a otros sobrevivientes accidentalmente.

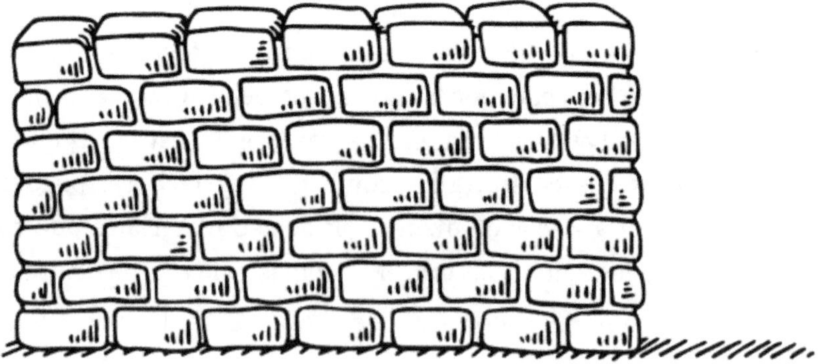

Cómo evitar la detección de zombis y otros sobrevivientes hostiles mediante el uso de tácticas de camuflaje y sigilo.

En una situación de apocalipsis zombi, es crucial evitar la detección tanto de los zombis como de otros sobrevivientes hostiles que puedan representar una amenaza. Para lograrlo, es necesario utilizar tácticas de camuflaje y sigilo que permitan moverse de manera segura y eficiente.

Aquí hay algunas tácticas que se pueden utilizar:

1. Mantén un bajo perfil: esto significa evitar hacer ruido innecesario, mantener las luces y el fuego al mínimo y evitar cualquier acción que pueda atraer la atención no deseada.

2. Vístete adecuadamente: la ropa debe ser cómoda, de colores oscuros y sin adornos brillantes que puedan llamar la atención. Es importante también utilizar ropa que no haga ruido al caminar.

3. Utiliza maquillaje para camuflarte: para mezclarse con el ambiente, se puede aplicar barro, ramas y hojas para camuflarse con el entorno.

4. Utiliza el terreno a tu favor: al moverse, es importante utilizar la cubierta natural, como las sombras, el follaje, y los obstáculos naturales para evitar ser detectado.

5. Evita los puntos de conflicto: los lugares donde la gente suele congregarse, como las ciudades o los pueblos, son áreas de alto riesgo y deben evitarse en la medida de lo posible.

6. Utiliza los sentidos: al moverse, es importante prestar atención al entorno y utilizar los sentidos para detectar cualquier signo de peligro, como sonidos extraños, olores fuertes, o cambios en el terreno.

Es importante recordar que el sigilo y el camuflaje son habilidades que requieren práctica y paciencia para desarrollarlas. Se recomienda entrenar regularmente para mejorar estas habilidades y aumentar las posibilidades de sobrevivir en una situación de apocalipsis zombi.

Cómo mantener una guardia constante y vigilante en tu zona segura o refugio para detectar y responder a cualquier amenaza que se presente, ya sean zombis o humanos.

Mantener una guardia constante y vigilante es esencial para garantizar la seguridad en tu zona segura o refugio durante una situación de apocalipsis zombi. A continuación, se presentan algunos consejos para ayudarte a mantener una guardia efectiva:

1. Establece turnos de guardia: Asegúrate de que siempre haya alguien vigilando tu zona segura, incluso durante la noche. Establecer turnos de guardia puede ser útil para asegurarte de que todos los miembros del grupo participen en la vigilancia.

2. Utiliza puntos de observación elevados: Coloca a los miembros de la guardia en lugares altos, como en una torre o en la azotea de un edificio. Esto les permitirá tener una visión clara del área circundante y detectar amenazas a distancia.

3. Mantén las comunicaciones abiertas: Es importante que los miembros de la guardia estén en constante comunicación con los demás miembros del grupo para informar de cualquier amenaza detectada y para solicitar ayuda en caso de ser necesario.

4. Capacita a los miembros de la guardia: Asegúrate de que los miembros de la guardia estén capacitados para detectar amenazas y para responder de manera efectiva. Incluye capacitación en el uso de armas y en técnicas de defensa personal.

5. Utiliza tecnología de vigilancia: Si es posible, utiliza tecnología de vigilancia como cámaras de seguridad y sistemas de alarma para alertar a los miembros del grupo en caso de una amenaza.

6. Mantén la guardia en todo momento: Es importante que los miembros de la guardia estén alerta y vigilantes en todo momento, incluso cuando están realizando tareas diarias como cocinar o recolectar suministros.

En cuanto a los ejemplos, un buen ejemplo podría ser tener a dos miembros del grupo vigilando la entrada principal de la zona segura, mientras que otros dos están en un punto de observación elevado, como la azotea de un edificio cercano, vigilando el área circundante. También se podría establecer un sistema de comunicación por walkie-talkie para mantenerse en contacto. Es importante recordar que la guardia debe ser constante y vigilante en todo momento para garantizar la seguridad del grupo.

Cómo organizar y ejecutar patrullas de exploración para buscar suministros, alimentos y otros recursos necesarios para la supervivencia, mientras se mantiene la seguridad del grupo.

Organizar y ejecutar patrullas de exploración es crucial para la supervivencia en un apocalipsis zombi. Estas patrullas permiten a los sobrevivientes buscar recursos y suministros necesarios para su supervivencia, como alimentos, agua, medicinas y materiales de construcción. Sin embargo, también son peligrosas ya que exponen a los sobrevivientes a diversos peligros, incluyendo encuentros con zombis, saqueadores y otros peligros.

Para llevar a cabo patrullas de exploración de manera efectiva, es importante seguir los siguientes pasos:

1. Planificar la patrulla: Antes de partir en una patrulla, es importante planificar la ruta a seguir, el tiempo estimado que tomará y los suministros necesarios para el viaje. También es importante designar a un líder de patrulla y establecer una comunicación clara y constante con el grupo en la zona segura.

2. Preparar los suministros necesarios: La patrulla debe contar con los suministros necesarios para su viaje, como armas, alimentos, agua y

suministros médicos. Es importante también contar con herramientas útiles como cuchillos, linternas, brújulas, mapas y radios para mantener la comunicación con la zona segura.

3. Mantener la seguridad: Durante la patrulla, es importante mantener una vigilancia constante para detectar cualquier amenaza. Los sobrevivientes deben estar alerta y preparados para enfrentar cualquier situación peligrosa que pueda surgir. También es importante mantener una comunicación clara con la zona segura para informar sobre el progreso de la patrulla.

4. Evitar conflictos innecesarios: Durante la patrulla, los sobrevivientes pueden encontrarse con otros grupos de sobrevivientes que pueden representar una amenaza. Es importante mantener una actitud defensiva pero no agresiva, y evitar conflictos innecesarios que puedan poner en peligro al grupo.

5. Regresar a la zona segura: Después de completar la patrulla, es importante regresar a la zona segura de manera segura y eficiente. Es importante revisar todo el equipo y los suministros para asegurarse de que nada se haya perdido o dañado durante la patrulla.

Las patrullas de exploración son una parte esencial de la supervivencia en un apocalipsis zombi. Es importante planificar cuidadosamente y llevar a cabo estas patrullas de manera segura y efectiva para obtener los suministros necesarios para la supervivencia mientras se mantiene la seguridad del grupo.

Cómo identificar y aprovechar las debilidades y vulnerabilidades de los zombis, como su falta de inteligencia y coordinación, para protegerse y defenderse con éxito.

Para protegerse y defenderse exitosamente de los zombis, es importante entender sus debilidades y vulnerabilidades. A continuación se presentan algunas de las debilidades comunes de los zombis y cómo pueden ser aprovechadas:

1. Falta de inteligencia y coordinación: Los zombis son seres incapaces de razonar y tienen una capacidad limitada para coordinarse. Esto significa que son fáciles de engañar y distraer. Por ejemplo, se puede crear un ruido fuerte en una dirección para atraer a los zombis en esa dirección mientras se escapa en otra dirección.

2. Lento movimiento: Los zombis son conocidos por su lentitud y su falta de velocidad. Esto significa que, a menos que se encuentren en grandes números, pueden ser evitados con facilidad. Si se necesita luchar contra ellos, se puede utilizar la velocidad y agilidad para mantenerse alejado de ellos mientras se ataca.

3. Sensibilidad al sonido y al olfato: Los zombis tienen un sentido del oído y el olfato muy agudo, lo que significa que pueden ser atraídos por

el ruido o el olor. Sin embargo, esto también significa que se pueden utilizar sonidos y olores para alejarlos de una ubicación específica. Por ejemplo, se puede quemar algo con un olor fuerte y desagradable para mantener alejados a los zombis.

4. Vulnerabilidad al fuego y a la luz: Los zombis son vulnerables al fuego y a la luz, lo que significa que se puede utilizar el fuego para repelerlos o incluso para matarlos. La luz brillante también puede desorientarlos y distraerlos.

5. Dificultad para atravesar obstáculos: Los zombis no son capaces de superar obstáculos con facilidad debido a su falta de coordinación y capacidad de razonamiento. Por lo tanto, se pueden utilizar obstáculos para frenar su avance. Por ejemplo, se pueden construir barreras de vehículos o crear trincheras para frenar su avance.

Para protegerse y defenderse de los zombis, se debe tener en cuenta sus debilidades y vulnerabilidades y utilizarlas en su contra. Es importante ser creativo y estar preparado para adaptarse a diferentes situaciones para maximizar las posibilidades de supervivencia.

Cómo utilizar dispositivos de alerta temprana, como trampas de sonido o alarmas, para alertar a tu grupo de la presencia de zombis o de otros peligros cercanos

En una situación de apocalipsis zombi, es importante estar alerta y consciente de cualquier amenaza potencial en el área circundante. Para ayudar a detectar la presencia de zombis u otros peligros, se pueden utilizar dispositivos de alerta temprana como trampas de sonido o alarmas.

Una trampa de sonido puede ser una herramienta útil para alertar a un grupo de la presencia de zombis. Esto podría ser una simple trampa de cuerda con una lata o una botella de vidrio que suene cuando se activa la trampa. La trampa se puede colocar en un área donde los zombis puedan pasar, como una calle o un sendero, y cuando se activa, el sonido alertará al grupo de la presencia de los zombis. También se pueden utilizar otros objetos que puedan producir ruido cuando se activan, como campanas o silbatos.

Las alarmas también pueden ser una buena opción para alertar al grupo de la presencia de zombis u otros peligros cercanos. Pueden ser sistemas simples, como una campana de alarma o un timbre de puerta, o sistemas más complejos, como sistemas de alarma de seguridad para el hogar. Se pueden instalar en lugares estratégicos, como puertas o ventanas, y se pueden activar manualmente o automáticamente mediante sensores de movimiento.

Además, se pueden utilizar dispositivos de vigilancia, como cámaras de seguridad o drones, para monitorear áreas fuera del alcance visual del grupo. Estos dispositivos pueden ayudar a detectar la presencia de zombis u otros peligros potenciales en áreas remotas, lo que permite al grupo mantenerse alejado de las áreas peligrosas.

Es importante recordar que los dispositivos de alerta temprana son solo una herramienta en la protección contra zombis y otros peligros. El uso de dispositivos de alerta temprana no reemplaza la necesidad de mantener una vigilancia constante y estar preparado para responder a cualquier amenaza que se presente.

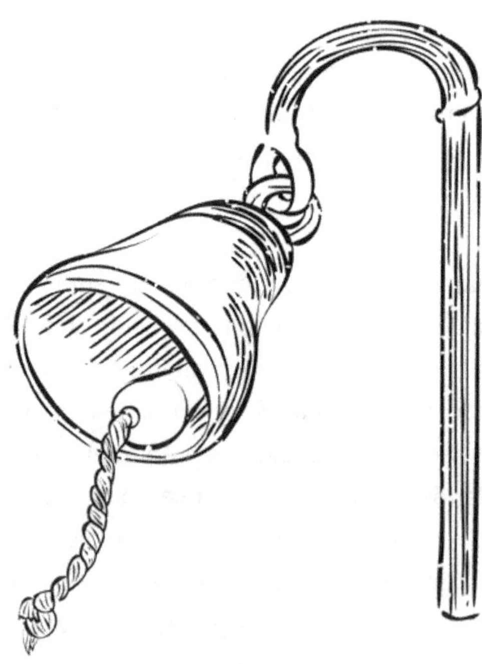

Cómo crear y mantener un suministro de armas y municiones para protegerse de los zombis y otros peligros, y cómo reparar y mantener estas armas para garantizar su efectividad a largo plazo

En una situación de apocalipsis zombi, es esencial tener acceso a armas y municiones para protegerse de los zombis y otros peligros. A continuación se presentan algunos consejos para crear y mantener un suministro de armas y municiones:

1. Identifica tus necesidades: Es importante tener una idea clara de cuántas armas y cuánta munición necesitas para tu grupo y para cuánto tiempo. La cantidad dependerá del tamaño de tu grupo y del nivel de amenaza.

2. Adquiere armas de calidad: Es importante invertir en armas de calidad para asegurarse de que sean efectivas y duraderas. Algunas opciones populares incluyen rifles de asalto, escopetas y pistolas. Además, es importante obtener armas que sean fáciles de reparar y mantener en caso de que se produzca un fallo mecánico.

3. Almacena tus armas y municiones de forma segura: Para garantizar que tus armas y municiones estén disponibles cuando las necesites, es importante almacenarlas en un lugar seguro y seco. Esto podría incluir una caja fuerte o un armario cerrado con llave.

4. Obtén habilidades de reparación de armas: Si bien es importante tener un suministro adecuado de armas y municiones, también es crucial tener la habilidad de reparar y mantener tus armas en caso de que se dañen o fallen. Aprender habilidades de reparación de armas puede ser vital para mantener tus armas en buen estado de funcionamiento.

5. Obtén habilidades de fabricación de munición: Si tu suministro de municiones se agota, tener habilidades de fabricación de munición puede ser extremadamente útil. Puedes aprender a hacer munición en línea o de un experto en el campo.

6. Mantén un inventario actualizado: Asegúrate de llevar un registro detallado de tus armas y municiones para que puedas saber exactamente cuánto tienes y cuánto necesitas.

7. Practica el tiro y el manejo de armas: Para utilizar armas de manera efectiva, es importante practicar regularmente el tiro y el manejo de armas. Esto puede mejorar tu precisión y asegurarte de que puedas utilizar tus armas de manera segura y efectiva en situaciones de emergencia.

Recuerda que tener un suministro adecuado de armas y municiones es solo una parte de la preparación para una situación de apocalipsis zombi. También es importante tener habilidades de supervivencia, un plan de escape y un suministro adecuado de alimentos y agua para asegurar tu supervivencia a largo plazo.

IV

Suministros

*En un apocalipsis zombi, tener suficientes suministros es crucial
para la supervivencia. Los suministros pueden ser alimentos,
agua, medicinas, herramientas y otros elementos necesarios para
la vida diaria.*

Identificar las necesidades básicas

El primer paso para obtener suministros es identificar las necesidades básicas. Esto puede incluir alimentos no perecederos, agua, medicinas y herramientas. Es importante hacer una lista de las cosas necesarias antes de buscar suministros. Algunos artículos a considerar son:

- Agua: el agua es esencial para la supervivencia y la salud. Se recomienda tener al menos un galón de agua por persona al día.
- Alimentos no perecederos: los alimentos que no requieren refrigeración o cocción son ideales. Se pueden incluir alimentos enlatados, barras de granola, frutas secas, entre otros.
- Medicinas: cualquier medicamento que una persona necesite en su vida diaria debe ser incluido. También se debe considerar tener medicinas para tratar enfermedades comunes, como fiebre, dolor de cabeza, dolor de estómago, entre otros.
- Herramientas: estas pueden incluir herramientas de corte, linternas, baterías, encendedores, entre otros.

Encontrar suministros

Una vez que se ha hecho una lista de las necesidades básicas, es hora de buscar suministros. En un apocalipsis zombi, los supermercados y tiendas pueden ser saqueados y vaciados rápidamente. Por lo tanto, es importante buscar en lugares menos comunes, como tiendas de suministros para acampar, ferreterías y tiendas de alimentos naturales.

También es recomendable buscar suministros en lugares abandonados, como casas y edificios. Sin embargo, debe hacerse con precaución, ya que los zombis pueden estar escondidos en cualquier parte. Es importante tener un plan de escape en caso de que algo salga mal.

Almacenar suministros

Una vez que se han obtenido los suministros necesarios, es importante almacenarlos adecuadamente para que duren el mayor tiempo posible. Los alimentos y el agua deben almacenarse en un lugar fresco y seco para evitar la humedad y el deterioro. Las medicinas deben guardarse en un lugar fresco y seco para evitar la luz solar directa.

También es importante tener suministros en un lugar fácilmente accesible, como en una mochila o en un contenedor de almacenamiento. Esto permite una movilidad fácil en caso de necesidad y evita la necesidad de buscar suministros en momentos de crisis.

Tener suministros adecuados es esencial para la supervivencia en un apocalipsis zombi. Identificar las necesidades básicas, buscar suministros en lugares menos comunes y almacenarlos adecuadamente son pasos importantes para estar preparados para cualquier situación.

¿Cómo encontrar agua potable y alimentos seguros?

En un apocalipsis zombi, el suministro de alimentos y agua potable es esencial para la supervivencia. Después de todo, una persona puede sobrevivir durante semanas sin comida, pero solo unos pocos días sin agua. Por lo tanto, es importante saber cómo encontrar y purificar el agua, y cómo identificar los alimentos seguros para evitar enfermedades transmitidas por alimentos.

En primer lugar, es importante saber dónde buscar agua en un entorno zombi. Los lagos, ríos y arroyos son buenas fuentes de agua, pero también pueden estar contaminados. En lugar de confiar en el agua sin tratar, es mejor purificar el agua antes de beberla. La forma más fácil de hacerlo es hirviéndola durante al menos cinco minutos. Si no tiene un fuego, puede utilizar tabletas de purificación de agua o un filtro de agua portátil. Estos elementos pueden ser una adición valiosa a su kit de supervivencia.

La purificación del agua es un proceso importante en cualquier situación de supervivencia, especialmente en un apocalipsis zombi, donde los recursos pueden ser escasos y los suministros de agua potable pueden no estar disponibles. Aquí hay algunos métodos para purificar el agua:

1. Ebullición: Hervir el agua es el método más sencillo y efectivo para purificar el agua. Simplemente hierva el agua durante al menos un minuto y deje que se enfríe antes de beberla. Este método mata la mayoría de las bacterias, virus y parásitos.

2. Tratamiento con cloro: Agregue unas gotas de cloro líquido o lejía a su agua y déjela reposar durante al menos 30 minutos. Si el agua tiene partículas en suspensión, filtre primero el agua antes de agregar el cloro. Asegúrese de seguir las instrucciones de la etiqueta del cloro, ya que la cantidad requerida varía según la concentración.

3. Filtro de agua: El uso de un filtro de agua puede ser una excelente opción para la purificación del agua. Los filtros de agua eliminan bacterias, virus y protozoos del agua. Hay diferentes tipos de filtros de agua, como los filtros de cerámica y los filtros de carbón activado, y algunos pueden filtrar incluso sustancias químicas y metales pesados.

4. Destilación: La destilación es otro método para purificar el agua. Hierve el agua y recolecta el vapor en un recipiente. Luego, el vapor se condensa y se convierte en agua purificada. Este método es más complicado que la ebullición y el uso de filtros de agua, pero puede ser útil en situaciones de emergencia.

Es importante tener en cuenta que, aunque estos métodos pueden eliminar la mayoría de las bacterias, virus y parásitos, no siempre eliminan sustancias químicas y metales pesados. Por lo tanto, es importante ser selectivo al elegir la fuente de agua y siempre hacer lo posible para encontrar agua potable segura y evitar la contaminación.

Además de encontrar agua potable, es importante saber qué alimentos son seguros para consumir. Durante un apocalipsis zombi, es posible que no tenga acceso a alimentos frescos o envasados. En lugar de confiar en la comida almacenada en supermercados y tiendas, es mejor buscar alimentos seguros en la naturaleza.

Las plantas silvestres, como los arándanos, las moras y las bayas de saúco, son seguras para comer siempre que se identifiquen correctamente. Sin embargo, también hay plantas tóxicas que pueden causar enfermedades graves e incluso la muerte. Por lo tanto, es importante tener conocimientos básicos de botánica para identificar plantas comestibles y tóxicas.

Además de las plantas, los animales también pueden proporcionar una fuente de alimento. La pesca es una opción viable, siempre y cuando se tenga acceso a un cuerpo de agua y se sepa cómo pescar. También se pueden atrapar animales terrestres como conejos, ardillas y ratas. Sin embargo, es importante cocinar la carne completamente para evitar enfermedades transmitidas por alimentos.

En conclusión, encontrar agua potable y alimentos seguros es esencial para la supervivencia en un apocalipsis zombi. La higiene adecuada y la identificación de alimentos seguros son cruciales para evitar enfermedades transmitidas por alimentos. Además, tener un kit de purificación de agua y un conocimiento básico de botánica y pesca pueden ser herramientas valiosas para garantizar su supervivencia a largo plazo.

¿Cómo almacenar alimentos y suministros?

Una de las claves para la supervivencia en un apocalipsis zombi es tener suficientes suministros para sobrevivir a largo plazo. Esto incluye alimentos, agua, medicamentos y otros suministros esenciales. Es importante no solo tener estos suministros, sino también saber cómo almacenarlos adecuadamente para que duren el mayor tiempo posible.

La manera más eficaz de almacenar alimentos y suministros es en un lugar fresco, seco y oscuro. Esto se debe a que la luz, la humedad y el calor pueden acelerar la degradación de los alimentos y reducir su vida útil. Idealmente, deberías buscar un lugar subterráneo o un sótano que no esté expuesto a la luz solar directa. También es importante asegurarte de que el lugar esté protegido de los animales y otros depredadores que podrían dañar tus suministros.

A continuación, te presentamos algunos consejos para almacenar alimentos y suministros:

1. Utiliza recipientes herméticos: Los recipientes herméticos son ideales para almacenar alimentos secos como arroz, frijoles, azúcar, harina, etc. Estos recipientes protegen los alimentos de la humedad y los insectos, lo que ayuda a prolongar su vida útil. Además, también te permiten apilar los alimentos de manera eficiente para aprovechar al máximo el espacio.

2. Considera el envasado al vacío: El envasado al vacío es otra forma efectiva de prolongar la vida útil de los alimentos. Al eliminar todo el aire del paquete, se evita la oxidación y la descomposición de los alimentos. Esta técnica es ideal para almacenar carnes, pescados y otros alimentos que se deterioran rápidamente.

3. Rotación de los suministros: Es importante que vayas rotando los suministros que almacenas, de manera que siempre estés usando los productos más antiguos y no dejes que se caduquen. Esto te ayudará a evitar el desperdicio de alimentos y a mantener tus suministros frescos y en buen estado.

4. Etiqueta y organiza: Asegúrate de etiquetar cada recipiente o paquete con el nombre del producto y la fecha de vencimiento. Esto te permitirá saber qué alimentos están más cerca de su fecha de caducidad y te ayudará a evitar el desperdicio. También es importante organizar tus suministros por categorías, de manera que puedas encontrar fácilmente lo que necesitas en cualquier momento.

5. Almacena medicamentos y otros suministros por separado: Los medicamentos y otros suministros deben ser almacenados por separado de los alimentos. Esto se debe a que algunos medicamentos pueden perder su efectividad cuando están expuestos a la humedad o a la luz, lo que podría poner en riesgo tu salud.

Para almacenar alimentos y suministros adecuadamente en un apocalipsis zombi, debes buscar un lugar fresco, seco y oscuro, utilizar recipientes herméticos o el envasado al vacío, rotar los suministros, etiquetar y organizar tus productos y almacenar los medicamentos y otros suministros por separado de los alimentos. Siguiendo estos consejos, podrás asegurarte de que tus suministros duren el mayor tiempo posible y puedas sobrevivir en un mundo lleno de zombis.

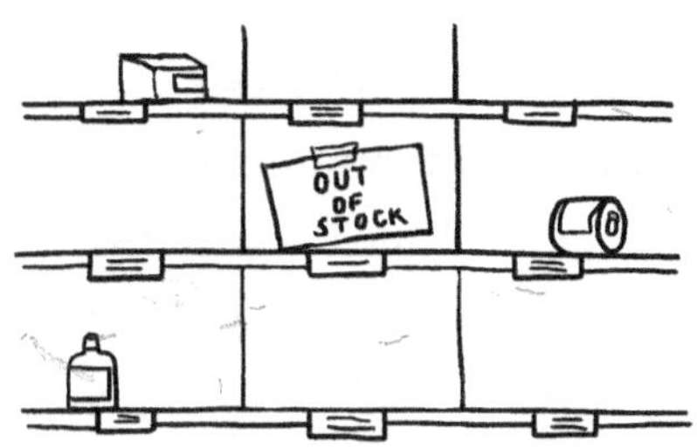

¿Cómo encontrar medicamentos y suministros médicos?

En una situación de apocalipsis zombi, encontrar medicamentos y suministros médicos puede ser vital para la supervivencia. Las lesiones y enfermedades son inevitables en una situación de este tipo, y tener los suministros necesarios puede marcar la diferencia entre la vida y la muerte.

A continuación, se presentan algunos consejos y ejemplos sobre cómo encontrar y asegurar medicamentos y suministros médicos en un mundo invadido por los no muertos.

1. Identificar las necesidades médicas esenciales: En primer lugar, es importante hacer una lista de los medicamentos y suministros médicos esenciales que se necesitan para mantener la salud y la higiene en una situación de emergencia. Esta lista puede incluir cosas como antibióticos, analgésicos, vendajes, gasas, jeringas, termómetros, guantes, entre otros.

2. Buscar en lugares inesperados: Una vez que se tiene una lista de los suministros necesarios, es importante buscar en lugares inesperados para encontrarlos. Es posible que los hospitales y las farmacias hayan sido saqueados o destruidos, por lo que se deben buscar en otros lugares, como tiendas de suministros médicos, clínicas, consultorios médicos, y hospitales más pequeños.

3. Comprobar las fechas de caducidad: Al encontrar medicamentos y

suministros médicos, es importante verificar las fechas de caducidad. Algunos medicamentos pueden ser peligrosos o ineficaces después de cierto tiempo, por lo que es importante asegurarse de que los suministros sean seguros y útiles antes de usarlos.

4. Aprender habilidades médicas básicas: En una situación de emergencia, puede que no haya médicos o enfermeras disponibles para tratar a los heridos o enfermos. Por lo tanto, es importante aprender habilidades médicas básicas, como primeros auxilios, cuidado de heridas, y técnicas de reanimación. Además, se deben conocer los efectos secundarios y las posibles interacciones de los medicamentos que se van a utilizar.

5. Almacenar los suministros de manera adecuada: Una vez que se hayan adquirido los suministros médicos, es importante almacenarlos de manera adecuada para que se mantengan seguros y útiles durante el mayor tiempo posible. Los medicamentos deben mantenerse en un lugar fresco y seco, alejados de la luz solar directa y de la humedad. También se deben mantener fuera del alcance de los niños y las mascotas.

6. Considerar opciones alternativas: En caso de que no se puedan encontrar los suministros médicos necesarios, es posible que se deba considerar opciones alternativas. Por ejemplo, se pueden utilizar hierbas y plantas medicinales para tratar algunos síntomas, o se pueden improvisar suministros médicos con objetos cotidianos.

En una situación de apocalipsis zombi, encontrar medicamentos y suministros médicos puede ser un gran desafío. Es importante tener una lista de los suministros esenciales, buscar en lugares inesperados, comprobar las fechas de caducidad, aprender habilidades médicas básicas, almacenar los suministros de manera adecuada, y considerar opciones alternativas.

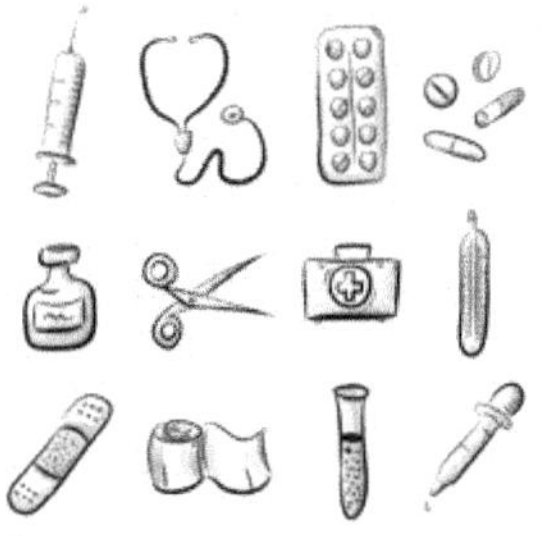

¿Cómo encontrar combustible para vehículos y generadores?

En una situación de apocalipsis zombi, el combustible puede ser un recurso extremadamente valioso, especialmente para los vehículos y los generadores utilizados para producir energía eléctrica. Aquí hay algunas formas de encontrar combustible:

1. Búsqueda en estaciones de gasolina: Las estaciones de gasolina pueden ser un lugar obvio para buscar combustible. Sin embargo, es probable que estas estaciones estén saqueadas o que hayan sido destruidas, por lo que es posible que deba buscar en varias estaciones para encontrar algo utilizable. Además, debe tener cuidado al buscar en estas estaciones, ya que pueden haber zombis u otros sobrevivientes hostiles en la zona.

2. Búsqueda en vehículos abandonados: Muchos vehículos abandonados en las carreteras pueden contener combustible en sus tanques. Sin embargo, debe tener cuidado al buscar en estos vehículos, ya que pueden estar infectados con zombis o tener otros peligros.

3. Búsqueda en almacenes y depósitos: Los almacenes y depósitos de suministros y productos también pueden contener combustible. Sin embargo, estos lugares pueden ser peligrosos y es posible que tenga que enfrentar a saqueadores o zombis para obtener lo que necesita.

4. Extracción de combustible: Si tiene experiencia en mecánica, puede extraer combustible de vehículos abandonados o incluso de la naturaleza. Por ejemplo, puede extraer combustible de la madera mediante un

proceso de destilación, o puede extraer combustible de plantas como la soja o el maíz.

5. Reutilización del combustible existente: También puede encontrar formas de reutilizar el combustible existente para prolongar su uso. Por ejemplo, puede utilizar la energía solar para cargar baterías para vehículos eléctricos, o puede utilizar un generador de biocombustible para producir electricidad a partir de combustibles renovables.

En cualquier caso, es importante que tome precauciones de seguridad al buscar combustible. Asegúrese de llevar equipo de protección personal, como guantes y gafas de seguridad, y de evitar cualquier situación que pueda ser peligrosa.

¿Cómo identificar y recolectar plantas y hierbas medicinales para tratar lesiones y enfermedades menores?

En una situación de crisis, puede ser difícil encontrar atención médica adecuada, especialmente para lesiones y enfermedades menores. Sin embargo, muchas plantas y hierbas tienen propiedades medicinales que pueden ser utilizadas para tratar una variedad de problemas de salud. Aquí hay algunos consejos para identificar y recolectar plantas y hierbas medicinales en un entorno de supervivencia:

1. Educación y preparación: Antes de aventurarte en la búsqueda de plantas medicinales, es importante educarse sobre qué plantas son seguras y efectivas. Asegúrate de leer libros de referencia y/o buscar información confiable en línea. También es recomendable llevar contigo un kit de primeros auxilios y suministros de emergencia.

2. Identificación de las plantas: Es importante tener en cuenta que muchas plantas tienen aspectos similares y es fácil confundirlas. Aprende a identificar las plantas por sus características únicas, como su forma, color, textura y aroma.

3. Recolectar plantas medicinales: Es importante recolectar plantas medicinales en su punto óptimo, ya que esto puede afectar la calidad y efectividad de sus propiedades curativas. Las hierbas medicinales se deben recolectar antes de que florezcan para obtener la máxima potencia.

4. Almacenamiento de plantas medicinales: Una vez que haya recolectado

las plantas medicinales, es importante almacenarlas adecuadamente para garantizar su eficacia. Las hierbas se deben almacenar en bolsas de papel o de tela, en un lugar seco y oscuro.

Algunos ejemplos de plantas medicinales que se pueden encontrar en la naturaleza son:

- Aloe vera: útil para tratar quemaduras leves y raspaduras.
- Caléndula: tiene propiedades antiinflamatorias y puede ser útil para tratar heridas y quemaduras.
- Manzanilla: se utiliza comúnmente para tratar problemas de estómago, como náuseas y diarrea.
- Equinácea: puede ser útil para fortalecer el sistema inmunológico y prevenir enfermedades.
- Menta: útil para aliviar dolores de cabeza, náuseas y malestar estomacal.

Es importante tener en cuenta que algunas plantas pueden tener efectos secundarios o interactuar con otros medicamentos. Por lo tanto, siempre es recomendable investigar y consultar con un profesional médico antes de usar cualquier planta medicinal.

¿Cómo crear y mantener un sistema de filtración de agua para garantizar que el agua potable sea segura?

En una situación de crisis, puede ser difícil encontrar agua potable segura. Por lo tanto, es importante que sepas cómo crear y mantener un sistema de filtración de agua para garantizar que el agua que bebes sea segura para su consumo.

Lo primero que debes hacer es encontrar una fuente de agua, como un río, lago o pozo. A continuación, debes construir un sistema de filtración de agua que consta de tres etapas: pre-filtración, filtración y desinfección.

La pre-filtración se realiza mediante la eliminación de los residuos más grandes, como ramitas, hojas y otros sedimentos, y se puede hacer utilizando un tamiz o un paño grueso. A continuación, se procede a la filtración, que se realiza mediante el uso de un filtro de arena o carbón activado para eliminar las impurezas más pequeñas, como bacterias, virus y químicos.

Finalmente, se debe desinfectar el agua filtrada para eliminar los gérmenes y bacterias restantes. Esto se puede hacer utilizando una solución de cloro o yodo, o mediante la ebullición del agua durante al menos 10 minutos.

Es importante mantener el sistema de filtración limpio y en buen estado para asegurar que funcione correctamente. Debes reemplazar regularmente los filtros y limpiar el sistema de manera adecuada para prevenir la acumulación de bacterias y otros contaminantes.

Es importante destacar que este sistema de filtración no es 100% efectivo en la eliminación de todos los contaminantes del agua, como los metales pesados.

Por lo tanto, debes asegurarte de buscar información sobre la calidad del agua de la fuente que estás utilizando y buscar asesoramiento en caso de duda.

Crear y mantener un sistema de filtración de agua es crucial para garantizar que el agua potable sea segura en una situación de crisis. Aunque el proceso puede ser un poco complejo, es esencial aprender cómo hacerlo y asegurarse de que el sistema esté siempre limpio y funcionando correctamente.

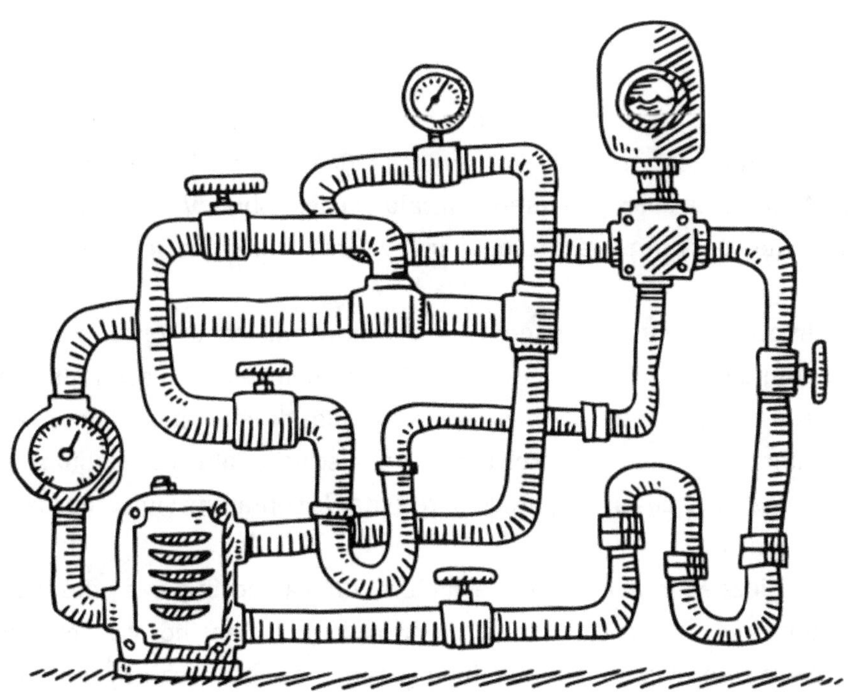

¿Cómo evitar la contaminación cruzada de alimentos y suministros almacenados para prevenir enfermedades y infecciones?

En una situación de crisis, evitar la contaminación cruzada de alimentos y suministros almacenados es esencial para prevenir enfermedades y mantener la salud de los sobrevivientes. Aquí hay algunas medidas que puedes tomar para evitar la contaminación cruzada:

1. Almacenamiento adecuado: Es importante almacenar los alimentos y suministros de manera adecuada. Los alimentos deben estar almacenados en recipientes herméticos y separados de otros suministros para evitar la contaminación cruzada. Además, se deben almacenar alimentos crudos y cocidos por separado para evitar la contaminación cruzada de bacterias.

2. Limpieza adecuada: Se debe establecer un plan de limpieza y desinfección para evitar la contaminación cruzada. Los utensilios y superficies que entren en contacto con alimentos crudos deben lavarse y desinfectarse adecuadamente antes de usarlos para preparar alimentos cocidos. Además, se debe promover una buena higiene personal, como lavarse las manos antes de manipular alimentos o suministros.

3. Rotación de inventario: Es importante rotar el inventario de alimentos y suministros para evitar que se dañen o se contaminen. Los artículos más antiguos deben usarse primero y los nuevos se deben almacenar detrás. Esto ayuda a prevenir la contaminación cruzada de alimentos y

suministros almacenados.

4. Separación de suministros: Los suministros que se usan para la limpieza o la eliminación de residuos no deben estar cerca de los suministros de alimentos. Los suministros de limpieza deben almacenarse en un lugar separado de los suministros de alimentos y nunca deben usarse para limpiar utensilios o superficies que se utilizan para preparar alimentos.

5. Uso de desinfectantes: Se deben utilizar desinfectantes de alta calidad para limpiar superficies y utensilios. Los desinfectantes deben ser eficaces contra una variedad de microorganismos, incluidos virus, bacterias y hongos.

Evitar la contaminación cruzada de alimentos y suministros almacenados es esencial para prevenir enfermedades y mantener la salud en una situación de crisis. Para lograr esto, se deben tomar medidas adecuadas de almacenamiento, limpieza, rotación de inventario, separación de suministros y uso de desinfectantes.

¿Cómo crear un inventario detallado de suministros y llevar un registro de su uso y caducidad?

Crear y mantener un inventario detallado de suministros es esencial para la supervivencia a largo plazo en una situación de crisis. Mantener un registro de los suministros disponibles, su ubicación y su estado ayuda a asegurarse de que los recursos estén disponibles cuando sea necesario y evitar la escasez innecesaria. Aquí hay algunos pasos que se pueden seguir para crear y mantener un inventario detallado de suministros:

1. Hacer un recuento inicial: Antes de crear un inventario, es importante hacer un recuento inicial de los suministros disponibles. Esto incluye identificar dónde se almacenan los suministros y su cantidad. Tomar nota de las fechas de caducidad también es importante para saber cuándo se deben reemplazar los suministros.

2. Establecer un sistema de categorías: Categorizar los suministros de manera lógica puede ayudar a mantener el inventario organizado y fácil de usar. Por ejemplo, se pueden separar los alimentos secos de los productos de limpieza y los suministros médicos.

3. Utilizar una herramienta de seguimiento: Hay muchas herramientas de seguimiento de inventario disponibles en línea, como aplicaciones móviles y programas de computadora, que pueden facilitar el seguimiento y actualización del inventario.

4. Actualizar regularmente: Es importante actualizar regularmente el

inventario para reflejar los cambios en la cantidad de suministros, así como la adición o eliminación de elementos.

5. Rotar los suministros: Es importante rotar los suministros para asegurarse de que los más antiguos se usen primero y evitar que se caduquen. Esto también ayuda a identificar cualquier suministro vencido o en mal estado.

6. Mantener una lista de verificación de reabastecimiento: Mantener una lista de verificación de reabastecimiento ayuda a asegurarse de que los suministros se reemplacen cuando sea necesario. La lista de verificación de reabastecimiento también puede ser utilizada para identificar cuándo es necesario buscar suministros adicionales.

Ejemplos de suministros que se pueden incluir en un inventario detallado son:

- Alimentos y agua potable
- Medicamentos y suministros médicos
- Herramientas y equipo de supervivencia
- Ropa y calzado
- Suministros de limpieza y sanitización
- Combustible y baterías
- Equipos de comunicación

En general, un inventario detallado de suministros es una herramienta esencial para la supervivencia en una situación de crisis. Al seguir los pasos anteriores, se puede garantizar que los suministros estén disponibles cuando sean necesarios y se reduzca la posibilidad de escasez innecesaria.

¿Cómo intercambiar o comerciar con otros grupos de sobrevivientes para obtener suministros y recursos escasos?

En un escenario de apocalipsis zombi, el intercambio o comercio con otros grupos de sobrevivientes puede ser crucial para obtener suministros y recursos escasos. Sin embargo, esto también puede ser peligroso si no se aborda con precaución. Aquí hay algunos puntos a tener en cuenta al intercambiar o comerciar con otros grupos de sobrevivientes:

1. Establecer una zona de reunión segura: Es importante encontrar un lugar neutral y seguro para reunirse con otros grupos de sobrevivientes. Esto puede ser en un área abierta y visible o en un edificio abandonado que no esté en peligro de colapsar.
2. Comunicación clara y concisa: Debe establecerse un sistema de comunicación claro y confiable entre los grupos para evitar malentendidos y asegurarse de que ambas partes entiendan los términos de la transacción.
3. Identificación: Los miembros de ambos grupos deben llevar alguna forma de identificación para demostrar que son miembros del grupo acordado para la reunión.
4. Equilibrio en el intercambio: Es importante que ambas partes reciban una cantidad justa y equitativa en la transacción. Esto se puede hacer mediante el intercambio de suministros similares o mediante la negociación.
5. Establecer límites: Los límites claros deben establecerse antes de la

transacción y respetarse durante la misma. Si alguno de los grupos se siente incómodo o amenazado en algún momento, deben tener la libertad de retirarse sin consecuencias.

Ejemplo: Supongamos que nuestro grupo necesita suministros médicos, pero no tenemos suficientes para mantenernos durante un largo período de tiempo. Encontramos otro grupo de sobrevivientes que tienen suministros médicos pero necesitan alimentos y agua. Después de establecer una zona de reunión segura y acordar los términos de la transacción, intercambiamos una cantidad equitativa de suministros médicos por una cantidad equitativa de alimentos y agua.

Es importante recordar que en un escenario de apocalipsis zombi, la precaución y la seguridad deben ser la prioridad en todo momento.

¿Cómo almacenar y usar medicamentos de manera segura y efectiva, incluyendo dosificación adecuada y almacenamiento a la temperatura correcta?

En una situación de supervivencia durante un apocalipsis zombi, es probable que la disponibilidad de medicamentos sea limitada y se vuelva un recurso valioso para mantener la salud y prevenir enfermedades. Por lo tanto, es esencial que sepan cómo almacenar y usar los medicamentos de manera segura y efectiva.

1. Almacenamiento adecuado: los medicamentos deben almacenarse en un lugar fresco, seco y oscuro para evitar la exposición a la luz, la humedad y el calor, que pueden afectar la efectividad del medicamento. Se recomienda que los medicamentos se almacenen en un lugar seguro y separado de los productos químicos y los alimentos.

2. Dosificación adecuada: es importante seguir las instrucciones de dosificación adecuada para cada medicamento. No se deben tomar más dosis de lo recomendado, ya que esto puede ser peligroso. También es importante tener en cuenta la frecuencia de dosificación y tomar el medicamento según lo prescrito.

3. Identificación adecuada: todos los medicamentos deben etiquetarse claramente con su nombre, dosis y fecha de vencimiento. Es importante asegurarse de que todos los miembros del grupo puedan identificar los

medicamentos correctamente.

4. Mantener un registro: es importante llevar un registro detallado de todos los medicamentos almacenados, incluyendo la fecha de adquisición, la fecha de vencimiento y la cantidad restante. Esto ayudará a controlar el inventario y garantizar que los medicamentos se reemplacen a tiempo.

Ejemplo: Si un miembro del grupo está enfermo y necesita medicamentos, se debe revisar el inventario para encontrar el medicamento adecuado y verificar la fecha de vencimiento. Si el medicamento ha caducado, no debe usarse. Si el medicamento está dentro de la fecha de vencimiento, se deben seguir las instrucciones de dosificación adecuadas y llevar un registro de cuánto medicamento se ha utilizado. Si el miembro del grupo experimenta efectos secundarios o una reacción adversa, debe suspender el medicamento y buscar atención médica si es necesario.

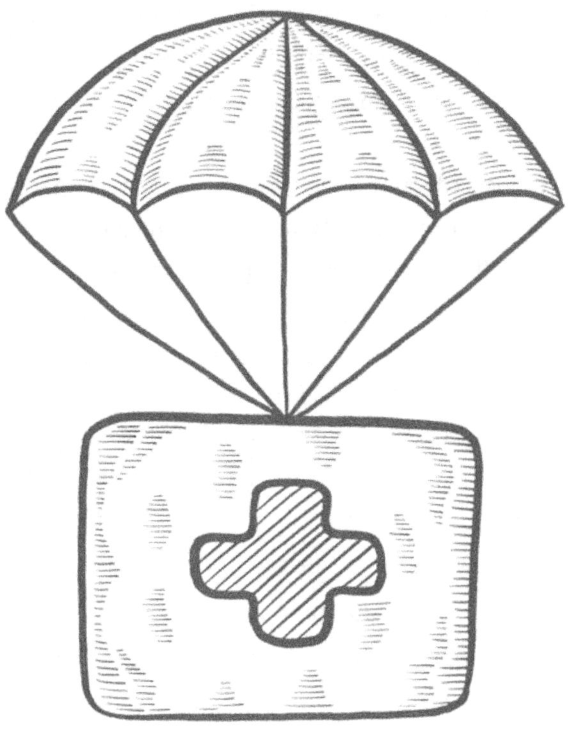

¿Cómo proteger los suministros de los elementos naturales, como la lluvia y el viento, así como de los depredadores humanos y animales?

Proteger los suministros de los elementos naturales y de los depredadores humanos y animales es fundamental para asegurar la supervivencia en un escenario post-apocalíptico. A continuación, se presentan algunos consejos útiles para lograrlo:

1. Almacenamiento adecuado: Es importante almacenar los suministros en contenedores adecuados y en un lugar seguro y seco para evitar daños causados por la lluvia y el viento. Se pueden usar recipientes herméticos para alimentos y medicamentos, y contenedores a prueba de agua para otros suministros como herramientas y ropa.

2. Refugio seguro: Es importante tener un refugio seguro para almacenar suministros y protegerse de los depredadores. Se puede construir un refugio subterráneo o una fortificación con barreras físicas y trampas para mantener a los zombis y otros seres peligrosos fuera del perímetro.

3. Vigilancia constante: Es importante tener un sistema de vigilancia constante para detectar cualquier amenaza que pueda acercarse al área de almacenamiento. Se pueden colocar trampas de sonido o cámaras de vigilancia en puntos estratégicos para detectar cualquier movimiento sospechoso.

4. Armas y defensa: En caso de un ataque, es importante tener armas y defensas a mano para protegerse y defender los suministros. Se pueden usar trampas y barricadas para evitar que los zombis y otros seres peligrosos lleguen al área de almacenamiento.

5. Concientización del grupo: Todos los miembros del grupo deben estar conscientes de la importancia de proteger los suministros y mantener un ambiente seguro. Se deben establecer reglas claras sobre el acceso a los suministros y la vigilancia del perímetro.

En conclusión, proteger los suministros de los elementos naturales y de los depredadores humanos y animales es esencial para asegurar la supervivencia en un escenario post-apocalíptico. Almacenar los suministros de manera adecuada, tener un refugio seguro, vigilar constantemente el perímetro, estar preparado para la defensa y mantener a todo el grupo consciente de la importancia de proteger los suministros son medidas clave para lograr este objetivo.

¿Cómo crear un sistema de recolección de agua de lluvia para obtener una fuente adicional de agua limpia?

En situaciones de crisis, es fundamental tener acceso a una fuente de agua limpia y segura para beber y para otros usos. Una forma de obtener una fuente adicional de agua limpia es mediante la recolección de agua de lluvia. A continuación, se presentan algunos pasos que puedes seguir para crear un sistema de recolección de agua de lluvia:

1. Recopilar materiales: necesitarás una superficie amplia para capturar la mayor cantidad de agua posible, un sistema de canalización para recoger y transportar el agua, un sistema de filtración para purificar el agua, y un recipiente de almacenamiento seguro y a prueba de fugas para guardar el agua recolectada.

2. Instalar superficie de recolección: la superficie de recolección puede ser el techo de tu refugio o una estructura diseñada específicamente para la recolección de agua. Debe ser una superficie limpia y sin obstrucciones para permitir que el agua fluya libremente.

3. Canalizar el agua: la lluvia recolectada debe ser canalizada hacia un sistema de recolección de agua. Esto puede hacerse mediante el uso de tubos de PVC o de metal que se extiendan desde el techo hasta un recipiente de recolección de agua.

4. Filtrar y purificar el agua: el agua recolectada puede contener sedimentos y otros contaminantes, por lo que es importante filtrarla antes de

almacenarla. Esto puede hacerse mediante el uso de filtros de sedimentos y carbón activado. También es recomendable hervir el agua recolectada para matar cualquier bacteria o virus que pueda estar presente.

5. Almacenar el agua: una vez filtrada y purificada, el agua recolectada debe ser almacenada en un recipiente seguro y a prueba de fugas. Los contenedores de plástico son una buena opción, pero asegúrate de limpiarlos y desinfectarlos antes de usarlos.

Es importante tener en cuenta que la recolección de agua de lluvia puede no ser una opción viable en todas las áreas y situaciones. Debes investigar si es legal y seguro recolectar agua de lluvia en tu ubicación y tener en cuenta las condiciones climáticas y de precipitación en tu área.

¿Cómo identificar y recolectar recursos naturales, como madera y piedra, para construir y reparar estructuras y herramientas?

En una situación de supervivencia, puede ser esencial identificar y recolectar recursos naturales para construir y reparar estructuras y herramientas. La madera y la piedra son dos recursos naturales clave que se pueden encontrar en muchos entornos, y saber cómo recolectar y utilizar estos recursos puede ser útil en una variedad de situaciones.

Para recolectar madera, se puede buscar áreas boscosas y buscar árboles caídos o muertos que estén secos y sean fáciles de cortar. Es importante tener en cuenta que algunos árboles pueden ser más resistentes y duraderos que otros, por lo que es importante conocer las especies de árboles en su área y seleccionar madera de alta calidad para su uso en estructuras y herramientas. La madera también debe ser tratada adecuadamente para evitar la podredumbre y el ataque de insectos.

La piedra también es un recurso valioso en situaciones de supervivencia. Se puede recolectar en lechos de ríos o en áreas donde la erosión natural ha expuesto rocas. La piedra se puede utilizar para construir estructuras, como muros de contención y cimientos, así como para herramientas, como hachas y cuchillos. Es importante seleccionar piedras de alta calidad que sean duras y resistentes, y asegurarse de que se apliquen técnicas adecuadas para tallar y dar forma a la piedra.

Además de la madera y la piedra, hay otros recursos naturales que pueden ser útiles para la construcción y reparación de estructuras y herramientas. Por ejemplo, las hojas de palmera se pueden utilizar para techos, y las fibras de plantas se pueden tejer en cuerdas y otros materiales. Es importante tener conocimientos básicos de la flora y fauna local y cómo utilizar sus recursos para la supervivencia.

La recolección de recursos naturales puede ser una habilidad valiosa en situaciones de supervivencia. Identificar y recolectar recursos como la madera y la piedra puede proporcionar materiales para construir y reparar estructuras y herramientas. Es importante conocer las técnicas adecuadas para recolectar, procesar y tratar estos materiales para garantizar su durabilidad y utilidad a largo plazo.

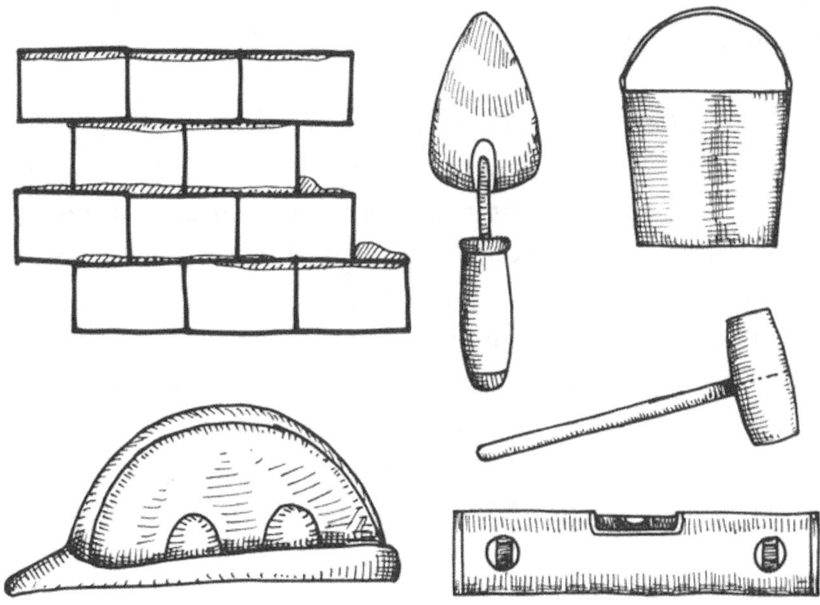

¿Cómo crear y mantener un sistema de higiene personal, incluyendo cepillarse los dientes, bañarse y lavar la ropa?

En una situación de supervivencia, mantener una buena higiene personal puede ser crucial para evitar enfermedades y mantener una buena salud. Aquí hay algunos consejos para crear y mantener un sistema de higiene personal:

1. Lavado del cuerpo: Es importante mantener el cuerpo limpio para prevenir infecciones y enfermedades. Si no hay acceso a una ducha o bañera, se puede usar agua y jabón para lavarse en un recipiente grande. También es importante cambiar regularmente la ropa interior y la ropa de cama.

2. Cepillado de dientes: Cepillarse los dientes dos veces al día es esencial para mantener una buena higiene bucal. Si no hay pasta de dientes disponible, se puede utilizar bicarbonato de sodio como sustituto.

3. Lavado de manos: Lavarse las manos regularmente con agua y jabón es fundamental para prevenir la propagación de enfermedades. Si no hay agua disponible, se puede utilizar desinfectante de manos a base de alcohol.

4. Lavado de ropa: La ropa también debe lavarse regularmente para evitar la acumulación de bacterias y gérmenes. Si no hay acceso a una lavadora, se puede lavar la ropa a mano en un recipiente grande y dejarla secar al sol.

Es importante tener en cuenta que en una situación de supervivencia, puede ser difícil mantener una buena higiene personal debido a la falta de recursos y condiciones ambientales adversas. Sin embargo, es importante hacer todo lo posible para mantener una buena higiene y prevenir enfermedades.

Ejemplos de cómo mantener una buena higiene personal incluyen:

- Llenar un recipiente grande con agua y jabón para lavarse.
- Usar toallas desechables para secarse después de lavarse las manos o el cuerpo si no hay acceso a toallas limpias.
- Cepillarse los dientes con bicarbonato de sodio o hierbas naturales.
- Lavar la ropa regularmente en un recipiente grande y secarla al sol.
- Usar desinfectante de manos a base de alcohol si no hay agua disponible para lavarse las manos.
- Evitar compartir toallas o cepillos de dientes para prevenir la propagación de enfermedades.

¿Cómo almacenar y proteger objetos de valor, como documentos importantes y objetos sentimentales?

En una situación de supervivencia, es importante no solo asegurar los suministros esenciales como alimentos y agua, sino también proteger objetos de valor como documentos importantes y objetos sentimentales. A continuación, se presentan algunas sugerencias sobre cómo almacenar y proteger estos objetos:

1. Utiliza contenedores de almacenamiento resistentes y duraderos: es importante seleccionar el tipo correcto de contenedor para almacenar objetos valiosos. Los contenedores de plástico o metal son una buena opción ya que pueden resistir el agua, el viento y la intemperie. Además, debes asegurarte de que los contenedores sean resistentes al fuego y al agua para proteger los documentos importantes.

2. Guarda los objetos en un lugar seguro y secreto: es importante almacenar los objetos de valor en un lugar seguro y secreto para evitar que los saqueen o los roben. Los sótanos o áticos de las casas son un buen lugar para guardar los objetos, o también en lugares menos obvios como en una caja de herramientas o en un macetero en el jardín.

3. Utiliza técnicas de ocultamiento: otra forma de proteger objetos valiosos es ocultarlos en un lugar seguro. Por ejemplo, puedes utilizar una pared falsa o un panel de acceso oculto para guardar documentos importantes y joyas.

4. Mantén un registro de los objetos almacenados: es importante llevar un registro de los objetos almacenados para poder verificarlos fácilmente y asegurarte de que no falte nada. También puedes etiquetar cada contenedor con una lista de los objetos que hay dentro.

En resumen, proteger los objetos de valor en una situación de supervivencia es importante para mantener la estabilidad emocional y la identidad personal. Se debe prestar atención a la selección del contenedor de almacenamiento adecuado, el lugar de almacenamiento, la técnica de ocultamiento y el registro detallado de los objetos almacenados.

V

Comunicación y Cooperación

En una situación de supervivencia con zombis, la comunicación y la cooperación pueden ser clave para la supervivencia. Es importante tener una estrategia sólida para la comunicación y la cooperación, tanto con los miembros del grupo como con otras comunidades.

¿Cómo comunicarse con otros sobrevivientes?

En un apocalipsis zombi, la comunicación con otros sobrevivientes es crucial para la supervivencia. Es importante poder comunicarse con otros en busca de suministros, ayuda y para compartir información sobre zonas seguras y peligrosas.

Aquí hay algunas formas de comunicarse con otros sobrevivientes durante un apocalipsis zombi:

1. Radios de dos vías: Las radios de dos vías son una forma popular de comunicación en una situación de emergencia. Son portátiles, fáciles de usar y pueden transmitir y recibir señales en distancias cortas y medias. Si planeas usar radios de dos vías, asegúrate de tener baterías de repuesto y cargarlas regularmente.

2. Señales de humo: Las señales de humo pueden ser una forma efectiva de comunicarse a larga distancia. Si tienes experiencia en la construcción de fuegos y en la creación de señales de humo, esto puede ser una opción viable. Sin embargo, ten en cuenta que las condiciones climáticas y la ubicación pueden afectar la efectividad de las señales de humo.

3. Señales de luz: Las señales de luz también pueden ser una forma efectiva de comunicación a larga distancia. Puedes usar una linterna para enviar señales en código Morse o puedes usar un espejo para reflejar la luz del sol en una dirección específica.

4. Mensajes escritos: Los mensajes escritos pueden ser una forma efectiva

de comunicarse con otros sobrevivientes si estás en la misma zona segura. Puedes dejar mensajes en áreas comunes, como edificios abandonados, para que otros sobrevivientes los encuentren.

Es importante tener en cuenta que, durante un apocalipsis zombi, no todos los sobrevivientes pueden ser de confianza. Siempre debes ser cauteloso y tomar medidas para protegerte a ti mismo y a tu grupo. Si te comunicas con alguien que no conoces, asegúrate de hacerlo en una zona segura y de tomar medidas para proteger tu privacidad y seguridad.

Además de la comunicación, la cooperación con otros sobrevivientes también es importante. Trabajar juntos puede ayudar a asegurar la supervivencia a largo plazo. Asegúrate de establecer reglas y roles claros en el grupo, y trabajar juntos para alcanzar objetivos comunes.

¿Cómo construir una comunidad de sobrevivientes?

L a construcción de una comunidad de sobrevivientes puede ser clave en un mundo apocalíptico de zombis, ya que proporciona un sentido de seguridad, compañía y colaboración en la lucha contra los muertos vivientes. Aquí hay algunas estrategias para construir una comunidad sólida y efectiva de sobrevivientes.

1. Encuentra sobrevivientes con habilidades complementarias: Uno de los aspectos más importantes para construir una comunidad sólida es tener miembros que tengan habilidades complementarias. Por ejemplo, tener a alguien que sepa cómo cultivar alimentos, a alguien que tenga experiencia en defensa, a alguien que sepa cómo hacer reparaciones en caso de emergencia y a alguien que tenga experiencia médica puede ser muy útil para la supervivencia del grupo. Es importante tener en cuenta las habilidades de los demás y cómo pueden contribuir al grupo.

2. Establece una jerarquía clara: Es importante tener un líder fuerte y efectivo en una comunidad de sobrevivientes. La persona que asume el liderazgo debe ser alguien que tenga habilidades de liderazgo, experiencia en situaciones difíciles y que pueda tomar decisiones sabias y eficaces en momentos de crisis. También es importante que la comunidad tenga una estructura clara de cómo se tomarán las decisiones y cómo se resolverán los conflictos.

3. Establece una base segura: Una comunidad necesita una base segura

para poder sobrevivir. La base debe ser un lugar bien fortificado y fácil de defender. Además, la base debe tener suficiente espacio para que los miembros del grupo puedan vivir cómodamente. También es importante tener suministros suficientes, como alimentos, agua y suministros médicos.

4. Establece reglas claras: Es importante tener reglas claras en la comunidad para mantener el orden y la disciplina. Las reglas deben ser justas y aplicarse de manera uniforme. Es importante tener en cuenta las necesidades y opiniones de los demás miembros del grupo al establecer estas reglas.

5. Establece una red de comunicación: Una red de comunicación es esencial para una comunidad de sobrevivientes. Es importante tener un sistema de comunicación claro y efectivo para mantenerse en contacto con otros miembros del grupo. Esto puede incluir walkie-talkies, teléfonos móviles, radios de dos vías y otros dispositivos de comunicación.

6. Establece roles y responsabilidades claras: Cada miembro de la comunidad debe tener un papel y responsabilidades claras. Esto ayudará a mantener la organización y eficacia del grupo. Además, es importante asegurarse de que cada miembro del grupo se sienta valorado y reconocido por su contribución al grupo.

7. Fomenta la colaboración y el trabajo en equipo: Una comunidad sólida de sobrevivientes debe trabajar juntos como un equipo para asegurar la supervivencia del grupo. Es importante fomentar la colaboración y el trabajo en equipo en la comunidad. Esto puede incluir actividades como entrenamiento en defensa, ejercicios de práctica y tareas de grupo.

La construcción de una comunidad sólida de sobrevivientes es fundamental en un mundo apocalíptico de zombis. Tener miembros con habilidades complementarias, una jerarquía clara, una base segura, reglas claras, una red de comunicación efectiva, roles y responsabilidades claras

¿Cómo trabajar juntos para sobrevivir?

Trabajar en equipo es fundamental para sobrevivir durante un apocalipsis zombi. En una situación de este tipo, es probable que te encuentres con otros sobrevivientes y, aunque no los conozcas, tendrás que aprender a trabajar juntos para lograr objetivos comunes.

La colaboración puede ser difícil, especialmente cuando se trata de sobrevivir en un mundo donde los zombis son una amenaza constante. Aquí hay algunos consejos sobre cómo trabajar juntos para sobrevivir:

1. Comunicación: La comunicación es clave para trabajar en equipo. Debe haber un medio para que los miembros del grupo se comuniquen, como walkie-talkies o teléfonos móviles. También es importante establecer un protocolo de comunicación claro para situaciones de emergencia.

2. Tareas asignadas: Cada miembro del grupo debe tener tareas asignadas. Esto no solo ayuda a garantizar que se realice el trabajo, sino que también fomenta un sentido de responsabilidad y trabajo en equipo.

3. División equitativa de tareas: Es importante dividir las tareas de manera equitativa para que todos sientan que están contribuyendo de manera justa al grupo. Las habilidades y fortalezas de cada miembro del grupo deben ser consideradas al asignar tareas.

4. Ser flexible: En una situación de apocalipsis zombi, las cosas pueden cambiar rápidamente. Los miembros del grupo deben ser capaces de adaptarse a nuevas situaciones y estar dispuestos a tomar diferentes roles según sea necesario.

5. Mantener un buen ambiente: Es importante mantener un buen ambiente

dentro del grupo para fomentar una atmósfera de cooperación. Se debe alentar la comunicación abierta y constructiva, así como la resolución pacífica de conflictos.

6. Confiar en los demás: Confiar en los miembros del grupo es fundamental para trabajar juntos con éxito. Cada miembro debe estar dispuesto a confiar en los demás y hacer lo que sea necesario para mantener la seguridad del grupo.

Trabajar en equipo durante un apocalipsis zombi puede ser difícil, pero es esencial para sobrevivir. La comunicación abierta, la asignación justa de tareas y la flexibilidad son elementos clave para lograr una colaboración efectiva. Con un grupo bien organizado y colaborativo, tendrás una mejor oportunidad de sobrevivir a los zombis y reconstruir una sociedad.

Cómo establecer roles y responsabilidades claras dentro de un grupo de sobrevivientes para maximizar la eficiencia y minimizar los conflictos. Por ejemplo, puede haber personas encargadas de la seguridad, la búsqueda de suministros, la atención médica y la cocina.

Establecer roles y responsabilidades claras dentro de un grupo de sobrevivientes es esencial para garantizar la supervivencia a largo plazo. Cada miembro del grupo debe tener un trabajo específico y ser responsable de sus tareas para maximizar la eficiencia y minimizar los conflictos. Aquí hay algunos consejos sobre cómo establecer roles y responsabilidades claras:

1. Identificar las fortalezas y debilidades de cada miembro del grupo: Antes de asignar roles y responsabilidades, es importante conocer las habilidades y conocimientos de cada miembro del grupo. Algunas personas pueden ser expertas en la construcción, mientras que otras pueden tener habilidades médicas o de navegación.

2. Asignar roles y responsabilidades basados en las habilidades: Una vez que se han identificado las fortalezas y debilidades de cada miembro

del grupo, se pueden asignar roles y responsabilidades específicos en función de esas habilidades. Por ejemplo, una persona con habilidades médicas puede ser responsable de la atención médica del grupo, mientras que alguien con conocimientos en seguridad puede estar a cargo de la seguridad del campamento.

3. Establecer expectativas claras: Es importante establecer expectativas claras para cada miembro del grupo y asegurarse de que todos estén de acuerdo con sus responsabilidades. Cada miembro del grupo debe entender qué se espera de ellos y cuáles son sus responsabilidades específicas.

4. Rotar roles y responsabilidades: Es importante rotar los roles y responsabilidades para que cada miembro del grupo tenga la oportunidad de aprender nuevas habilidades y evitar la sensación de estar atrapado en una tarea específica. Por ejemplo, alguien que está a cargo de la seguridad del campamento durante una semana puede cambiar a la cocina la próxima semana.

5. Comunicación clara: La comunicación clara es esencial para asegurarse de que todos estén en la misma página y para evitar conflictos. Se deben establecer horarios de reunión regulares para discutir el progreso y las necesidades del grupo.

Ejemplo: Si un grupo de sobrevivientes tiene un miembro que es un experto en la pesca, se le puede asignar la responsabilidad de la búsqueda y captura de peces para el grupo. También puede ser responsable de enseñar a los demás miembros del grupo cómo pescar y asegurarse de que todos tengan acceso a las herramientas y el equipo necesarios para la pesca. Mientras tanto, otro miembro del grupo puede ser responsable de la seguridad, asegurándose de que el campamento esté protegido contra posibles amenazas. Además, otro miembro del grupo puede ser responsable de la cocina, asegurándose de que haya suficiente comida para todos y preparando comidas nutritivas y equilibradas. Establecer roles y responsabilidades claras asegurará que todos en el grupo estén trabajando juntos de manera eficiente y efectiva para lograr la supervivencia a largo plazo.

Cómo resolver conflictos y tomar decisiones difíciles de manera justa y equitativa dentro de un grupo de sobrevivientes. Esto puede incluir el establecimiento de un proceso de toma de decisiones democrático o la elección de un líder o líderes para tomar decisiones importantes.

Resolver conflictos y tomar decisiones difíciles de manera justa y equitativa es esencial para el éxito y la supervivencia del grupo en situaciones de crisis. Aquí hay algunas pautas y ejemplos de cómo hacerlo:

1. Establecer un proceso de toma de decisiones democrático: esto puede implicar que cada miembro del grupo tenga una voz y un voto en las decisiones importantes. Se pueden utilizar sistemas como la votación o la discusión abierta y luego tomar una decisión basada en el consenso. Esto puede ser particularmente efectivo en situaciones en las que no hay una persona clara que sea la líder del grupo.

2. Elegir líderes para tomar decisiones importantes: en algunos casos,

puede ser útil elegir a una o varias personas dentro del grupo que sean responsables de tomar decisiones importantes en nombre de todo el grupo. Estas personas pueden ser elegidas a través de una elección democrática o pueden ser designadas por consenso del grupo. Es importante que estas personas sean confiables, justas y tengan habilidades de liderazgo efectivas.

3. Resolver conflictos de manera justa y equitativa: los conflictos pueden surgir en cualquier grupo, especialmente en situaciones de crisis. Para resolverlos de manera efectiva, es importante escuchar a todas las partes y considerar todas las perspectivas antes de tomar una decisión. Si es necesario, se puede involucrar a un tercero neutral, como un mediador, para ayudar a resolver el conflicto de manera justa.

4. Mantener la comunicación abierta: es importante que todos los miembros del grupo se sientan cómodos hablando entre sí y expresando sus pensamientos y sentimientos. Mantener una comunicación abierta y honesta puede ayudar a prevenir conflictos y asegurar que todos estén en la misma página cuando se tomen decisiones importantes.

Ejemplo: En un grupo de sobrevivientes, puede haber una discusión sobre cómo se deben dividir los suministros limitados de alimentos. En lugar de dejar que una persona tome una decisión por todos, se puede establecer un proceso de toma de decisiones democrático, donde cada miembro tiene una voz y un voto en la decisión. Se pueden discutir diferentes opciones, como dividir los suministros por igual o asignar más a aquellos que tienen necesidades especiales. Luego, se puede tomar una decisión basada en la mayoría de votos o el consenso del grupo.

Otro ejemplo puede ser un conflicto que surge entre dos miembros del grupo debido a una desavenencia personal. Para resolver el conflicto de manera justa y equitativa, se puede designar a un mediador neutral para ayudar a ambas partes a discutir sus problemas y encontrar una solución. Se puede fomentar la comunicación abierta y honesta para llegar a una resolución justa para ambas partes.

Cómo establecer relaciones de confianza y respeto mutuo dentro de un grupo de sobrevivientes, incluso con aquellos que pueden tener diferencias culturales, ideológicas o de personalidad.

Establecer relaciones de confianza y respeto mutuo es clave para la supervivencia a largo plazo en un ambiente postapocalíptico. La diversidad de culturas, ideologías y personalidades puede ser una fortaleza si se maneja adecuadamente, pero también puede generar conflictos si no se aborda de manera efectiva. A continuación, se presentan algunos consejos para establecer relaciones saludables dentro de un grupo de sobrevivientes:

1. Comunicación efectiva: La comunicación es esencial para establecer relaciones saludables dentro de un grupo de sobrevivientes. Es importante ser claro y directo al expresar opiniones y sentimientos, y también ser un buen oyente para comprender las perspectivas de los demás.
2. Respeto por las diferencias: La diversidad de culturas, ideologías y personalidades dentro de un grupo puede ser una fortaleza si se aborda con respeto. Aprender a apreciar y respetar las diferencias de los demás puede ser beneficioso para el grupo como un todo.
3. Confianza: La confianza es esencial para la construcción de relaciones

saludables. Es importante cumplir con los compromisos y promesas hechas a los demás, así como ser honesto y transparente en todas las relaciones interpersonales.

4. Cooperación: La cooperación y el trabajo en equipo son fundamentales para el éxito de un grupo de sobrevivientes. Es importante estar dispuesto a trabajar juntos y apoyarse mutuamente en momentos de necesidad.

5. Solución de conflictos: Los conflictos pueden surgir en cualquier grupo de personas, especialmente en situaciones de estrés y tensión. Es importante tener un proceso establecido para resolver conflictos de manera justa y equitativa, lo cual puede incluir la elección de líderes o un proceso de toma de decisiones democrático.

6. Reconocimiento de logros: Es importante reconocer y celebrar los logros individuales y del grupo para fomentar un ambiente positivo y de apoyo mutuo.

7. Compartir responsabilidades: Es importante compartir responsabilidades dentro del grupo para evitar la sensación de que algunas personas están haciendo más trabajo que otras. Distribuir tareas de manera equitativa puede ayudar a fomentar un ambiente de cooperación y trabajo en equipo.

Un ejemplo de cómo establecer relaciones saludables dentro de un grupo de sobrevivientes podría ser el siguiente:

Un grupo de sobrevivientes se encuentra en un refugio temporal después de un desastre natural. Entre ellos hay personas de diferentes culturas, ideologías y personalidades. Para establecer relaciones saludables dentro del grupo, deciden reunirse y establecer reglas claras para la comunicación, la cooperación y la solución de conflictos. Acuerdan respetar las diferencias de los demás y trabajar juntos para el bienestar del grupo. También establecen un proceso de toma de decisiones democrático y reconocen y celebran los logros del grupo. Como resultado, el grupo establece una relación saludable y positiva que les permite sobrevivir juntos a largo plazo.

Cómo establecer y hacer cumplir reglas y normas claras dentro del grupo para garantizar la seguridad y el bienestar de todos los miembros. Esto puede incluir reglas sobre el uso de armas, el acceso a suministros y la conducta interpersonal.

Establecer reglas y normas claras es fundamental para mantener el orden y la seguridad dentro de un grupo de sobrevivientes. Es importante que todas las personas del grupo comprendan las reglas y las cumplan, ya que incluso una persona que no sigue las reglas puede poner en peligro la seguridad de todo el grupo.

Para establecer reglas y normas claras, se pueden seguir los siguientes pasos:

1. Identificar los riesgos y las necesidades del grupo: Se debe realizar una evaluación de los riesgos y las necesidades del grupo para determinar qué reglas y normas son necesarias. Por ejemplo, si hay armas en el grupo, es necesario establecer reglas claras sobre su uso y almacenamiento seguro.

2. Crear reglas claras y concisas: Las reglas deben ser fáciles de entender y recordar. Es recomendable que se escriban y se publiquen en un lugar visible para todos los miembros del grupo. Algunas reglas pueden incluir la prohibición de consumir drogas o alcohol, la prohibición de violencia

física o verbal, y la necesidad de pedir permiso antes de usar ciertos suministros.

3. Establecer consecuencias claras para incumplimientos: Es importante que los miembros del grupo entiendan las consecuencias de no seguir las reglas. Estas consecuencias deben ser proporcionales al incumplimiento. Por ejemplo, si alguien usa un suministro sin permiso, la consecuencia puede ser que se le prohíba el acceso a ese suministro en el futuro.

4. Hacer cumplir las reglas de manera justa y equitativa: Es importante que todas las personas sean tratadas de manera justa y equitativa al hacer cumplir las reglas. Si alguien incumple una regla, es importante que la consecuencia sea la misma para todos. Esto ayudará a evitar conflictos y resentimientos.

Es importante tener en cuenta que el proceso de establecer reglas y normas claras debe ser democrático y permitir la participación de todos los miembros del grupo. También es importante revisar y actualizar regularmente las reglas a medida que las necesidades del grupo cambian.

Por ejemplo, si en un grupo de sobrevivientes hay una regla sobre el uso de armas, se puede establecer una norma de almacenamiento seguro, y las consecuencias para el incumplimiento pueden ser la prohibición del acceso a las armas y la expulsión del grupo. Si alguien incumple esta regla, se le informará de las consecuencias de su acción y se le pedirá que deje el arma en un lugar seguro. Si una persona se niega a cumplir la norma, entonces se deben aplicar las consecuencias acordadas por el grupo.

Establecer y hacer cumplir reglas y normas claras es fundamental para garantizar la seguridad y el bienestar de todos los miembros del grupo de sobrevivientes. Se deben identificar los riesgos y necesidades del grupo, crear reglas claras y concisas, establecer consecuencias claras para incumplimientos, hacer cumplir las reglas de manera justa y equitativa y revisar y actualizar regularmente las reglas.

Cómo establecer relaciones positivas y cooperativas con otros grupos de sobrevivientes en lugar de tratarlos como enemigos potenciales. Esto puede incluir la colaboración en la búsqueda de suministros o la ayuda mutua en caso de emergencia.

En una situación de supervivencia, es importante comprender que los demás grupos de sobrevivientes no siempre son enemigos y, en muchos casos, pueden ser valiosos aliados. Al establecer relaciones positivas y cooperativas con otros grupos, se pueden intercambiar suministros, compartir habilidades y conocimientos, y protegerse mutuamente en caso de emergencia.

Para establecer relaciones positivas con otros grupos, se deben seguir algunos pasos clave. En primer lugar, es importante enviar emisarios o representantes para comunicarse con el otro grupo de manera pacífica y mostrar interés en establecer relaciones positivas. Estos emisarios deben estar preparados para ofrecer algo de valor al otro grupo, como información o suministros que puedan necesitar.

También es importante establecer una comunicación abierta y honesta con el otro grupo para desarrollar una comprensión mutua y respeto por las diferentes perspectivas culturales e ideológicas. Al demostrar respeto y comprensión hacia los demás, se puede construir una relación de confianza y reciprocidad.

Otro enfoque para establecer relaciones positivas con otros grupos es unir fuerzas en la búsqueda de suministros y recursos escasos. Al trabajar juntos, se pueden maximizar las habilidades y conocimientos de ambos grupos para identificar y recolectar recursos de manera más efectiva. También se pueden compartir suministros y conocimientos para resolver desafíos específicos, como la construcción de estructuras o la protección contra depredadores.

Es importante recordar que establecer relaciones positivas con otros grupos no significa abandonar la precaución y la prudencia en términos de seguridad. Es importante establecer límites claros y respetar los límites del otro grupo. También se deben establecer reglas claras sobre el intercambio de información y suministros para garantizar la seguridad y el bienestar de todos los miembros del grupo.

Establecer relaciones positivas con otros grupos de sobrevivientes puede ser beneficioso para ambas partes y puede ayudar a mejorar las posibilidades de supervivencia a largo plazo. Para lograr esto, se deben seguir algunos pasos clave, como establecer comunicación abierta y honesta, demostrar respeto mutuo y trabajar juntos para identificar y recolectar recursos.

Cómo entrenar y preparar a los miembros del grupo para situaciones de emergencia, como ataques de zombis o incursiones de saqueadores. Esto puede incluir la realización de simulacros de emergencia y la enseñanza de habilidades de supervivencia básicas.

Entrenar y preparar a los miembros del grupo para situaciones de emergencia es crucial para aumentar las posibilidades de supervivencia en un mundo post-apocalíptico. A continuación, se presentan algunos consejos para entrenar y preparar a los miembros del grupo:

1. Identificar las habilidades y debilidades de cada miembro: Antes de comenzar cualquier entrenamiento, es importante evaluar las habilidades y debilidades de cada miembro del grupo. De esta manera, se pueden asignar tareas y responsabilidades específicas que se adapten a las habilidades de cada miembro.

2. Enseñar habilidades de supervivencia básicas: Es importante que cada miembro del grupo tenga conocimientos básicos de supervivencia. Esto puede incluir habilidades como la identificación de plantas comestibles,

la recolección de agua, la construcción de refugios y la orientación.

3. Realizar simulacros de emergencia: Los simulacros de emergencia son una excelente manera de prepararse para situaciones reales. Se pueden realizar simulacros de incursiones de saqueadores, ataques de zombis o desastres naturales. Estos simulacros también pueden ayudar a identificar áreas donde se necesitan mejoras.

4. Enseñar habilidades de combate: En un mundo post-apocalíptico, es probable que el combate sea una habilidad necesaria. Es importante que los miembros del grupo aprendan cómo manejar y usar armas de fuego, así como también técnicas de defensa personal.

5. Crear planes de evacuación: En caso de una situación de emergencia, es importante tener un plan de evacuación. Este plan debe incluir rutas de escape y puntos de encuentro en caso de separación.

6. Practicar la comunicación efectiva: La comunicación efectiva es clave en situaciones de emergencia. Los miembros del grupo deben aprender cómo comunicarse de manera clara y concisa en situaciones de alta presión.

7. Enseñar primeros auxilios: En caso de lesiones o enfermedades, es importante que los miembros del grupo tengan conocimientos básicos de primeros auxilios. Esto puede incluir la limpieza y curación de heridas, así como la reanimación cardiopulmonar (RCP).

Entrenar y preparar a los miembros del grupo para situaciones de emergencia puede marcar la diferencia entre la vida y la muerte en un mundo post-apocalíptico. Al enseñar habilidades básicas de supervivencia, realizar simulacros de emergencia y enseñar habilidades de combate, los miembros del grupo pueden aumentar sus posibilidades de supervivencia y proteger a su comunidad en tiempos difíciles.

Cómo establecer un sistema de comunicación efectivo dentro del grupo, que incluya radios, señales visuales y otros métodos para comunicarse a larga distancia.

Un sistema de comunicación efectivo es esencial para la supervivencia en un entorno post-apocalíptico, donde la capacidad de comunicarse rápidamente puede marcar la diferencia entre la vida y la muerte. Aquí hay algunos pasos clave para establecer un sistema de comunicación efectivo dentro de un grupo de sobrevivientes:

1. Identificar las necesidades de comunicación: Antes de elegir un sistema de comunicación, es importante determinar las necesidades específicas del grupo. ¿Necesitan comunicarse a larga distancia? ¿Es importante la privacidad de las comunicaciones? ¿Necesitan un sistema de comunicación en tiempo real o pueden comunicarse de manera asíncrona? Una vez que se han identificado las necesidades de comunicación del grupo, se puede elegir un sistema de comunicación que satisfaga esas necesidades.

2. Elegir el equipo adecuado: Después de identificar las necesidades de comunicación, se puede elegir el equipo adecuado. Si se necesita comunicación a larga distancia, las radios de dos vías son una buena

opción, especialmente si el grupo tiene acceso a una torre de radio o un repetidor. Si la privacidad es importante, se pueden usar radios encriptadas o mensajes codificados. Si la comunicación es asincrónica, se pueden utilizar señales visuales como banderas o luces.

3. Establecer un protocolo de comunicación: Es importante establecer un protocolo de comunicación para garantizar que las comunicaciones sean claras y efectivas. Esto puede incluir un conjunto de reglas para el uso de la radio, como quién tiene el derecho de hablar, cómo iniciar y finalizar las comunicaciones, y cómo transmitir información de manera clara y concisa.

4. Capacitar al grupo en el uso del equipo y protocolo: Una vez que se ha elegido el equipo y se ha establecido un protocolo de comunicación, es importante capacitar al grupo en el uso del equipo y protocolo. Esto puede incluir la enseñanza de habilidades básicas de radio, como cómo cambiar de canal, ajustar el volumen y transmitir información de manera efectiva.

5. Realizar pruebas y simulacros: Es importante realizar pruebas y simulacros para garantizar que el sistema de comunicación esté funcionando correctamente y que los miembros del grupo estén capacitados para usarlo de manera efectiva. Esto puede incluir la realización de simulacros de emergencia y pruebas de alcance de la radio.

Ejemplos de sistemas de comunicación que se pueden utilizar dentro de un grupo de sobrevivientes incluyen radios de dos vías, teléfonos satelitales, señales de humo, luces de señalización y señales de mano. Es importante elegir el sistema de comunicación adecuado para satisfacer las necesidades específicas del grupo y capacitar a los miembros del grupo en su uso efectivo.

Cómo desarrollar planes de contingencia para situaciones de emergencia y cómo ejecutar estos planes en caso de necesidad. Esto puede incluir planes para evacuar la zona segura o para defenderse de un ataque de zombis o de otros peligros.

Es importante que los grupos de sobrevivientes tengan planes de contingencia bien establecidos en caso de emergencia. Para desarrollar estos planes, el grupo debe considerar todas las posibles amenazas, como ataques de zombis, incendios, inundaciones, sequías, saqueadores, entre otros. Una vez que se hayan identificado las posibles amenazas, el grupo debe trabajar juntos para desarrollar un plan para cada escenario.

Los planes de contingencia deben incluir información detallada sobre qué hacer en caso de una emergencia, cómo evacuar la zona segura y cómo defenderse de un ataque. También deben establecer un punto de reunión fuera del área segura en caso de evacuación y un protocolo para comunicarse con los miembros del grupo que se encuentren fuera de la zona segura.

El grupo también debe asegurarse de que todos los miembros estén al tanto del plan y sepan cómo ejecutarlo en caso de emergencia. Es importante que se realicen simulacros periódicos para asegurarse de que todos los miembros del grupo estén familiarizados con el plan y sepan cómo responder en una situación de emergencia.

Un ejemplo de un plan de contingencia podría ser establecer un protocolo de seguridad para el grupo. Este protocolo podría incluir cosas como el uso de contraseñas para identificar a miembros del grupo, la asignación de guardias para vigilar la zona segura y la revisión regular de las defensas de la zona segura.

Otro ejemplo podría ser un plan de evacuación. Este plan podría incluir cosas como la identificación de rutas seguras fuera de la zona segura, la asignación de roles específicos a los miembros del grupo durante la evacuación y la identificación de un punto de reunión fuera de la zona segura.

Los planes de contingencia son esenciales para la supervivencia a largo plazo de un grupo de sobrevivientes. Al establecer planes claros y precisos, el grupo puede trabajar juntos de manera efectiva para protegerse de las amenazas y maximizar sus posibilidades de supervivencia en situaciones de emergencia.

VI

Cuidado Personal

El cuidado personal es una parte importante de la supervivencia en un apocalipsis zombi. La capacidad de mantenerse sano y alerta es fundamental para sobrevivir.

Consejos y estrategias para el cuidado personal en un mundo post-apocalíptico.

- Mantén una buena higiene personal: Uno de los mayores riesgos en un mundo post-apocalíptico es la propagación de enfermedades. Mantener una buena higiene personal es esencial para prevenir enfermedades. Lávate las manos con regularidad, especialmente antes de comer y después de usar el baño. Mantén tus dientes y tu boca limpios para prevenir infecciones.
- Consigue suficiente sueño: El sueño es crucial para mantenerse alerta y enfocado. Trata de dormir lo suficiente cada noche para asegurarte de que estás preparado para cualquier desafío que puedas enfrentar durante el día.
- Ejercita regularmente: El ejercicio regular es importante para mantener tu cuerpo en buena forma física y mental. Trata de hacer ejercicio todos los días, incluso si es sólo un poco. Si no tienes equipo de ejercicio, trata de hacer ejercicios básicos como flexiones, abdominales y sentadillas.
- Mantén una dieta equilibrada: En un mundo post-apocalíptico, puede ser difícil encontrar alimentos nutritivos. Trata de obtener una variedad de alimentos y nutriciones en tu dieta. Las frutas, verduras y carnes magras son especialmente importantes. Además, trata de evitar el exceso de azúcar, sal y grasas.
- Mantén tu mente ocupada: Mantener una actitud positiva y mantener tu mente ocupada es fundamental para la supervivencia en un mundo

post-apocalíptico. Trata de encontrar formas de mantenerte ocupado y comprometido, incluso si eso significa leer libros, jugar juegos de mesa o contar historias con otros sobrevivientes.

- Controla tus emociones: En un mundo post-apocalíptico, puede ser fácil caer en la desesperación y la desesperanza. Trata de mantener el control de tus emociones y evitar el pánico. Aprende a lidiar con el estrés y la ansiedad de manera efectiva, como practicar la meditación o la respiración profunda.
- Protege tu piel: La piel es tu primera línea de defensa contra los elementos y las enfermedades. Asegúrate de protegerla de los rayos UV, las picaduras de insectos y otras lesiones. Usa protector solar, ropa protectora y repelente de insectos.

Siguiendo estos consejos y estrategias, puedes mantenerte en buena forma física y mental, y estar listo para enfrentar cualquier desafío que se presente en un apocalipsis zombi. Recuerda que tu salud y bienestar personal son esenciales para tu supervivencia y la de tu comunidad.

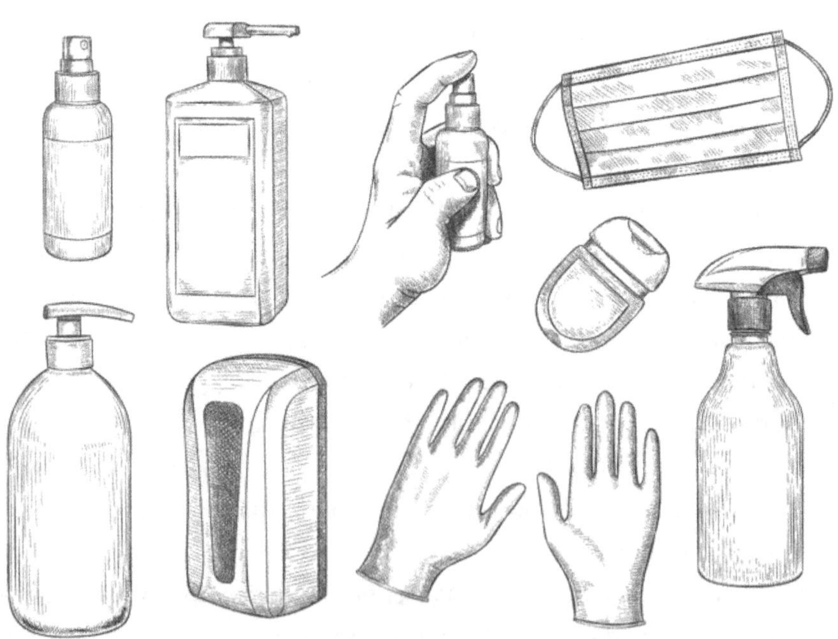

¿Cómo mantener la salud mental y emocional en una situación de crisis?

Mantener la salud mental y emocional en una situación de crisis es de vital importancia para la supervivencia. Cuando nos encontramos en una situación de apocalipsis zombi, es fácil perder el control, sentir ansiedad y miedo y luchar contra la depresión. Es importante entender que estos sentimientos son normales y que no estás solo en ellos. Aquí hay algunos consejos para ayudarte a mantener una buena salud mental y emocional mientras te enfrentas a la crisis.

1. Mantén una rutina diaria: Mantener una rutina es muy importante para nuestra salud mental y emocional. Intenta seguir una rutina diaria y trata de incluir actividades que te gusten. El ejercicio y la meditación son excelentes maneras de ayudarte a relajarte y a mantener una actitud positiva.

2. Conéctate con otras personas: La conexión social es esencial para mantener una buena salud mental y emocional. Habla con otros sobrevivientes y encuentra un grupo de apoyo. Compartir tus experiencias y emociones puede ayudarte a superar el estrés y la ansiedad.

3. Mantén una actitud positiva: Trata de mantener una actitud positiva y enfócate en las cosas que puedes controlar. Si te sientes abrumado, toma un momento para respirar profundamente y enfocarte en el presente.

4. Aprende nuevas habilidades: Mantener tu mente ocupada con nuevas habilidades y conocimientos es una excelente manera de mantener una

buena salud mental y emocional. Lee libros, aprende a cocinar, o aprende un nuevo idioma.

5. Cuida de ti mismo: Es importante cuidar de ti mismo en una situación de crisis. Asegúrate de tener una dieta saludable, hacer ejercicio y dormir lo suficiente. Trata de encontrar maneras de relajarte, como tomar un baño caliente o escuchar música relajante.

6. Encuentra un propósito: En una situación de crisis, puede ser difícil encontrar un propósito. Encuentra algo que te motive y te dé un propósito. Ayudar a otros sobrevivientes o encontrar una manera de ayudar en la reconstrucción puede darte un propósito y ayudarte a mantener una actitud positiva.

En conclusión, mantener una buena salud mental y emocional es esencial para la supervivencia durante un apocalipsis zombi. Mantener una rutina diaria, conectarse con otras personas, mantener una actitud positiva, aprender nuevas habilidades, cuidar de ti mismo y encontrar un propósito son algunas de las maneras de mantener una buena salud mental y emocional. Recuerda que no estás solo en esta situación y que es importante buscar ayuda si la necesitas.

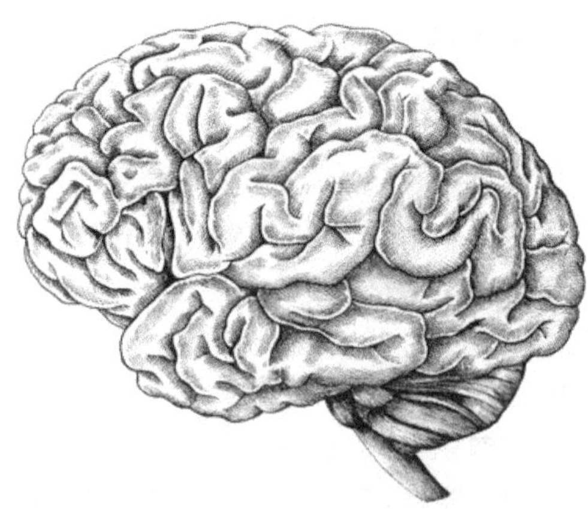

¿Cómo evitar lesiones y enfermedades?

En una situación de crisis como un apocalipsis zombi, es importante mantener la salud física para poder sobrevivir y mantenerse a salvo. Las lesiones y enfermedades pueden ser un gran problema, especialmente si no hay acceso a la atención médica. A continuación, se presentan algunos consejos sobre cómo evitar lesiones y enfermedades en una situación de supervivencia con zombis.

1. Mantén una buena higiene: Es importante mantener una buena higiene para evitar enfermedades y lesiones. Lava tus manos regularmente con agua y jabón. Si no tienes acceso a agua corriente, considera usar un desinfectante de manos a base de alcohol. Mantén tus dientes y encías limpios cepillándolos con regularidad. Si tienes una herida, límpiala con agua y jabón para evitar la infección.

2. Usa ropa protectora: Usa ropa que te proteja de los elementos y de los insectos. La ropa puede protegerte de los mosquitos que transmiten enfermedades como la malaria o el virus del Nilo Occidental. También puede protegerte de las quemaduras solares y de las rozaduras.

3. Mantén tus pies secos: Mantén tus pies secos y limpios para evitar la aparición de ampollas y otras infecciones. Si tienes que cruzar un río o un arroyo, quítate los zapatos y las medias y cruza descalzo para evitar que la humedad se acumule en tus pies.

4. Usa equipo de protección personal: Si vas a realizar tareas peligrosas como la tala de árboles o la manipulación de herramientas, usa equipo de protección personal. Usa gafas de seguridad para proteger tus ojos

de las astillas y los desechos. Usa guantes para proteger tus manos de cortes y abrasiones.

5. Aprende primeros auxilios: Aprender primeros auxilios es esencial en una situación de supervivencia con zombis. Debes saber cómo tratar heridas y enfermedades comunes. Aprende a reconocer los signos de una infección y cómo tratarla. Aprende a realizar la RCP y cómo tratar lesiones en los huesos y las articulaciones.

6. Mantén una dieta saludable: Mantén una dieta saludable y equilibrada para mantenerte en forma y saludable. Incluye alimentos ricos en vitaminas y minerales como frutas, verduras y proteínas magras. Trata de evitar los alimentos procesados y los dulces, ya que estos pueden hacerte sentir cansado y letárgico.

7. Descansa lo suficiente: Descansa lo suficiente para evitar la fatiga y el agotamiento. Trata de dormir al menos 7-8 horas por noche. Si no puedes dormir durante la noche, intenta dormir durante el día en un lugar seguro y protegido.

Siguiendo estos consejos, puedes evitar lesiones y enfermedades y mantenerte en buena salud en una situación de supervivencia con zombis.

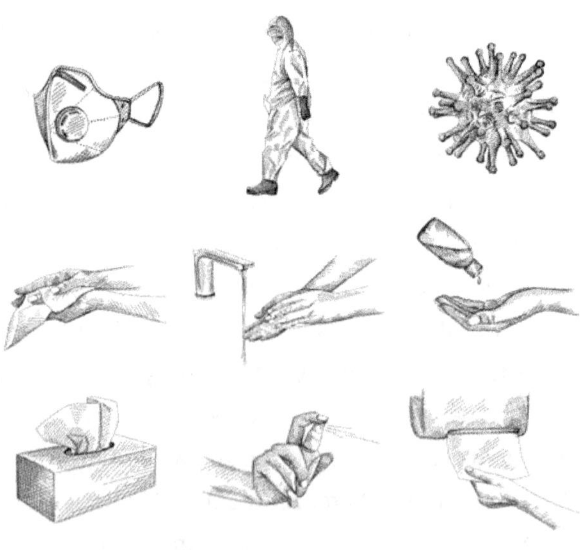

¿Cómo mantener la higiene personal y la limpieza?

Mantener una buena higiene personal y limpieza es importante en cualquier situación, pero durante un apocalipsis zombi, es especialmente crucial para prevenir enfermedades y lesiones. Cuando los servicios de saneamiento ya no funcionan, la higiene personal y la limpieza pueden ayudar a prevenir la propagación de enfermedades y mantener un ambiente saludable.

A continuación, se presentan algunos consejos prácticos para mantener una buena higiene personal y limpieza durante un apocalipsis zombi:

1. Limpieza personal: El primer paso para mantener la higiene personal es mantenerse limpio. Aunque puede ser difícil obtener agua y productos de limpieza, es importante hacer un esfuerzo por mantenerse limpio. Asegúrese de lavarse las manos con regularidad y limpiar su cuerpo cuando sea posible. Si no tiene acceso a agua corriente, puede utilizar toallitas húmedas, paños limpios o incluso arena para frotar la suciedad y el sudor de su piel. Además, es importante mantener las uñas limpias y recortadas para evitar la acumulación de suciedad y gérmenes.

2. Ropa y calzado: La ropa y el calzado también son importantes para mantener una buena higiene personal. Trate de usar ropa suelta y cómoda que pueda lavar fácilmente. Es recomendable tener varias prendas de ropa en caso de que necesite cambiarlas. Además, use calzado cómodo y resistente que pueda soportar largas caminatas y terrenos

difíciles. Si tiene la oportunidad de lavar su ropa, asegúrese de hacerlo con agua caliente y jabón.

3. Mantener la higiene del entorno: Mantener el área alrededor de su refugio limpio y ordenado también es importante para prevenir enfermedades y lesiones. Asegúrese de eliminar la basura y los residuos de manera segura y regular, y mantenga los alimentos y suministros almacenados en un lugar seguro y limpio. Si está en una zona con un alto riesgo de enfermedades, considere cavar un pozo para la eliminación de residuos y utilizar letrinas o baños portátiles.

4. Precauciones sanitarias: La higiene personal y la limpieza también pueden ayudar a prevenir la propagación de enfermedades. Si alguien en su grupo está enfermo, asegúrese de mantenerlos aislados y de que tomen las medidas necesarias para prevenir la propagación de gérmenes. Considere usar mascarillas y guantes al manejar productos médicos o al estar en contacto con personas enfermas.

En general, mantener una buena higiene personal y limpieza es esencial para sobrevivir durante un apocalipsis zombi. Asegúrese de tener un suministro adecuado de agua y productos de limpieza, y tome medidas para mantener el área alrededor de su refugio limpio y ordenado. Con el cuidado adecuado, puede prevenir enfermedades y lesiones y mantener un ambiente saludable y seguro para usted y su grupo.

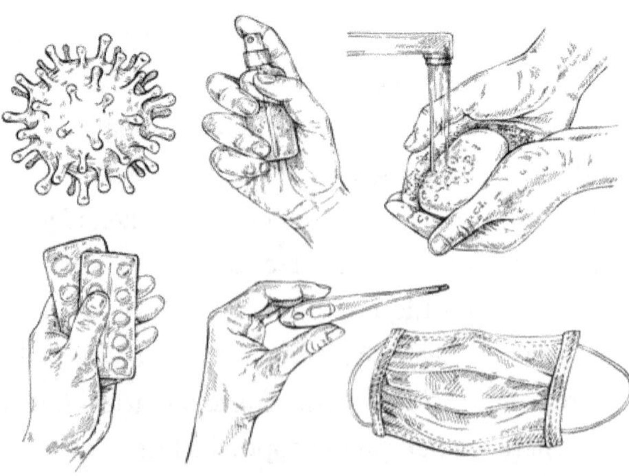

Identificar los signos y síntomas de enfermedades y lesiones comunes en una situación de crisis, y saber cómo tratarlos con los recursos limitados disponibles. Esto podría incluir lesiones como cortes, quemaduras, fracturas, dislocaciones, y enfermedades comunes como infecciones respiratorias y gastrointestinales.

En una situación de crisis, el acceso a atención médica adecuada puede ser limitado o inexistente, por lo que es importante que los miembros del grupo sepan cómo identificar y tratar los signos y síntomas de enfermedades y lesiones comunes.

Algunos signos y síntomas de lesiones comunes incluyen:

- Cortes y heridas abiertas: puede haber sangrado, hinchazón, dolor y enrojecimiento alrededor de la herida.
- Quemaduras: pueden variar en gravedad, desde una leve quemadura solar hasta una quemadura grave de tercer grado, que puede causar ampollas, dolor, enrojecimiento e hinchazón.
- Fracturas y dislocaciones: pueden haber hinchazón, dolor intenso y

limitación del movimiento en la zona afectada.

Algunos signos y síntomas de enfermedades comunes incluyen:

- Infecciones respiratorias: pueden incluir fiebre, tos, secreción nasal, dolor de garganta y dificultad para respirar.
- Infecciones gastrointestinales: pueden incluir diarrea, náuseas, vómitos y dolor abdominal.

Es importante que los miembros del grupo estén capacitados para tratar estas lesiones y enfermedades con los recursos limitados disponibles. Por ejemplo, los cortes y heridas abiertas se pueden tratar con agua y jabón para limpiar la zona y un apósito o vendaje para cubrir la herida. Las quemaduras se pueden tratar con agua fría para reducir la hinchazón y el dolor, y las fracturas y dislocaciones se pueden inmovilizar con un yeso improvisado o una tabla.

Para prevenir la propagación de enfermedades, se deben promover prácticas de higiene personal adecuadas, como lavarse las manos regularmente y mantener una buena higiene personal.

En caso de lesiones o enfermedades graves que requieran atención médica urgente, se debe considerar la evacuación del miembro afectado a un centro médico cercano, si es posible.

Conocer técnicas de primeros auxilios y cómo aplicarlas de manera efectiva. Esto incluye saber cómo detener una hemorragia, realizar la reanimación cardiopulmonar (RCP), y estabilizar a alguien que esté en shock.

En una situación de crisis, puede haber lesiones y enfermedades que requieran atención médica inmediata. Saber cómo brindar primeros auxilios de manera efectiva puede salvar vidas y mejorar el bienestar de los miembros del grupo.

Una técnica importante en primeros auxilios es la capacidad de detener una hemorragia. Esto puede requerir la aplicación de presión directa sobre la herida o el uso de un torniquete. Es importante saber cuándo usar cada técnica y cómo hacerlo de manera segura para evitar daños adicionales.

Otra técnica importante es la reanimación cardiopulmonar (RCP), que es necesaria cuando alguien deja de respirar y su corazón deja de latir. La RCP consiste en compresiones torácicas y respiración artificial, y es esencial para mantener la circulación sanguínea y el suministro de oxígeno al cerebro.

También es importante saber cómo estabilizar a alguien que esté en shock. El shock es una condición peligrosa en la que la presión arterial baja repentinamente, lo que puede provocar daño en los órganos vitales. Las medidas que pueden ayudar a estabilizar a alguien en shock incluyen acostar a la persona en posición horizontal, elevar sus piernas y mantenerla caliente y tranquila.

Es importante destacar que, aunque es valioso tener conocimientos en primeros auxilios, si es posible, es recomendable buscar atención médica profesional para lesiones y enfermedades graves. En situaciones de crisis, es posible que la atención médica sea limitada o inaccesible, por lo que es esencial estar preparado y tener conocimientos básicos de primeros auxilios para manejar situaciones de emergencia.

Es recomendable que los miembros del grupo se capaciten en primeros auxilios básicos y realicen prácticas para asegurarse de que están preparados para enfrentar cualquier situación de emergencia que pueda surgir.

Mantener un suministro de medicamentos básicos y suministros de primeros auxilios, y saber cómo usarlos adecuadamente.

En una situación de crisis o emergencia, puede ser difícil acceder a atención médica profesional, por lo que es importante tener un suministro adecuado de medicamentos y suministros de primeros auxilios. Esto puede incluir vendajes, gasas, alcohol, ungüentos antibióticos tópicos, analgésicos, antipiréticos y antidiarreicos. También es importante asegurarse de que estos suministros estén almacenados adecuadamente, en un lugar fresco, seco y seguro, y que se revisen regularmente para garantizar que estén en buenas condiciones y dentro de la fecha de vencimiento.

Es importante que los miembros del grupo tengan conocimientos básicos de primeros auxilios y sepan cómo usar estos suministros adecuadamente en caso de emergencia. Algunos ejemplos de cómo usar suministros de primeros auxilios incluyen:

- Vendajes y gasas: para detener la hemorragia o para cubrir heridas abiertas y evitar la infección.
- Alcohol: para limpiar la piel antes de aplicar un vendaje o realizar un procedimiento médico menor.
- Ungüentos antibióticos tópicos: para prevenir la infección de heridas.
- Analgésicos y antipiréticos: para aliviar el dolor y reducir la fiebre.
- Antidiarreicos: para aliviar la diarrea y prevenir la deshidratación.

Es importante tener en cuenta que los medicamentos y suministros de primeros auxilios pueden no estar disponibles indefinidamente, por lo que es necesario tener planes de contingencia en caso de que se agoten o se vuelvan inutilizables. También es recomendable que alguien en el grupo tenga conocimientos médicos o de enfermería para poder brindar atención médica más avanzada en caso de necesidad. En cualquier caso, es fundamental que todos los miembros del grupo estén capacitados para actuar en situaciones de emergencia y sepan cómo usar los suministros de primeros auxilios disponibles.

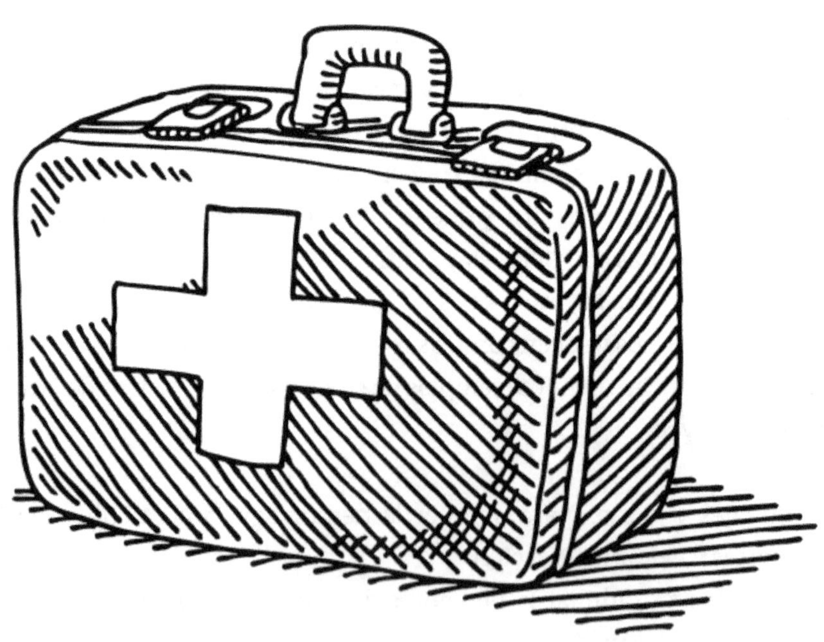

Evitar el agotamiento y el estrés extremo a través de prácticas de auto-cuidado, como hacer ejercicio regularmente, meditar, y encontrar formas de relajarse y desconectar de vez en cuando.

En situaciones de crisis, el estrés y la tensión pueden ser altos, y es importante encontrar formas de cuidarse a uno mismo para evitar el agotamiento y el estrés extremo. Aquí hay algunas prácticas de auto-cuidado que pueden ser útiles:

1. Hacer ejercicio regularmente: El ejercicio regular puede ayudar a reducir el estrés, mejorar el estado de ánimo y aumentar los niveles de energía. Incluso hacer ejercicio ligero, como caminar o hacer estiramientos, puede marcar la diferencia.

2. Dormir lo suficiente: Dormir lo suficiente es fundamental para mantenerse saludable y energizado. Trate de dormir al menos 7-8 horas por noche, y establezca una rutina regular de sueño para ayudar a su cuerpo a mantener un ritmo natural.

3. Meditar o practicar la relajación: La meditación y otras prácticas de relajación, como la respiración profunda, pueden ayudar a reducir la ansiedad y el estrés. Busque recursos en línea o en libros sobre cómo meditar o practicar la relajación, y encuentre el método que funcione

mejor para usted.

4. Comer de manera saludable: Una dieta saludable puede ayudar a mantener los niveles de energía y reducir el estrés. Trate de comer alimentos nutritivos y equilibrados, como frutas, verduras, proteínas magras y granos integrales.

5. Tomarse un tiempo libre: Es importante encontrar tiempo para desconectar y relajarse, incluso en situaciones de crisis. Trate de encontrar momentos para hacer cosas que disfrute, como leer un libro, escuchar música o pasar tiempo con amigos y familiares.

6. Practicar la gratitud: En momentos de estrés extremo, puede ser fácil concentrarse en lo negativo. Practicar la gratitud, es decir, centrarse en lo positivo en su vida, puede ayudar a reducir el estrés y mejorar el estado de ánimo. Tome unos minutos cada día para pensar en las cosas por las que está agradecido, incluso si son pequeñas cosas como una buena comida o el sol que brilla afuera.

Es importante recordar que el auto-cuidado no es egoísta, sino que es necesario para mantenerse saludable y funcionar efectivamente en situaciones de crisis. Al cuidarse a sí mismo, también puede ayudar a su grupo de sobrevivientes al mantenerse en buena forma y estar disponible para ayudar a los demás.

Mantener la higiene personal y la limpieza para evitar la propagación de enfermedades y reducir el riesgo de infecciones. Esto podría incluir prácticas como lavarse las manos con frecuencia, mantener el refugio y las áreas comunes limpias, y lavar la ropa regularmente.

Mantener una buena higiene personal y de limpieza es fundamental para evitar la propagación de enfermedades en cualquier situación, y aún más en una crisis en la que el acceso a atención médica puede ser limitado. A continuación se presentan algunas prácticas importantes de higiene personal y limpieza que se deben seguir:

1. Lávate las manos con frecuencia: Lávate las manos con agua y jabón regularmente y siempre antes de comer o preparar alimentos. Si no hay agua y jabón disponibles, utiliza un desinfectante de manos a base de alcohol.

2. Mantén tu cuerpo limpio: Toma baños o duchas regularmente para mantener tu cuerpo limpio y prevenir la acumulación de bacterias y gérmenes.

3. Cuida tu higiene bucal: Cepilla tus dientes y usa hilo dental regularmente

para prevenir la caries dental y la enfermedad de las encías.

4. Lava la ropa y las sábanas: Lava regularmente la ropa y las sábanas para prevenir la acumulación de bacterias y gérmenes.

5. Limpia las superficies y áreas comunes: Limpia las superficies y áreas comunes con regularidad para evitar la acumulación de gérmenes y bacterias. Utiliza productos de limpieza adecuados y sigue las instrucciones de uso.

6. Mantén los alimentos limpios y seguros: Limpia y cocina adecuadamente los alimentos para evitar la propagación de enfermedades transmitidas por los alimentos.

Además de estas prácticas de higiene personal y limpieza, es importante mantener un entorno de refugio limpio y ordenado. Asegúrate de mantener la basura y los desechos lejos del área de descanso y de preparación de alimentos. Usa desinfectante para limpiar las superficies y áreas comunes con regularidad.

En una situación de crisis, donde la atención médica puede ser limitada, es importante mantener una buena higiene personal y de limpieza para prevenir enfermedades y reducir el riesgo de infecciones. Mantener una buena higiene personal y limpieza puede ser una tarea difícil en una situación de supervivencia, pero es fundamental para mantener la salud y el bienestar del grupo.

Identificar y manejar los riesgos para la salud mental y emocional en una situación de crisis, como el aislamiento social, el trauma y la pérdida. Esto podría incluir buscar apoyo emocional y social, encontrar formas de mantenerse conectado con seres queridos y amigos, y practicar la resiliencia emocional.

En situaciones de crisis, las personas pueden enfrentar numerosos riesgos para la salud mental y emocional. Algunos de estos riesgos incluyen el aislamiento social, el trauma, la pérdida de seres queridos, el estrés y la ansiedad. Es importante reconocer estos riesgos y tomar medidas para abordarlos para mantener una buena salud mental y emocional.

Una forma de manejar estos riesgos es buscar apoyo emocional y social de otros miembros del grupo de sobrevivientes. El apoyo emocional puede ser tan simple como tener a alguien con quien hablar, compartir las preocupaciones y los miedos, o simplemente tener una conexión con otra persona. Esto puede ayudar a reducir la sensación de aislamiento y soledad.

Otra forma de manejar los riesgos para la salud mental y emocional es mantenerse conectado con amigos y familiares que no están en la misma situación de crisis. Esto puede ser a través de comunicación en línea, correo electrónico, mensajes de texto o llamadas telefónicas. Tener una red de apoyo fuera del grupo de sobrevivientes puede ayudar a mantener una sensación de normalidad y a mantener las conexiones con el mundo exterior.

Es importante practicar la resiliencia emocional, lo que significa encontrar maneras de mantener una perspectiva positiva y mantener una actitud positiva frente a la adversidad. Esto puede incluir mantener una rutina diaria, encontrar formas de relajarse y desconectar, establecer metas realistas y mantener la esperanza en el futuro.

Además, es importante estar al tanto de las señales de problemas de salud mental y emocional y buscar ayuda profesional si es necesario. Los miembros del grupo de sobrevivientes pueden considerar buscar un consejero o terapeuta que pueda ayudarles a manejar el estrés y la ansiedad.

En una situación de crisis, es importante tomar medidas para cuidar la salud mental y emocional. Esto puede incluir buscar apoyo emocional y social, mantener conexiones con amigos y familiares, practicar la resiliencia emocional y buscar ayuda profesional si es necesario.

VII

Conclusión

En conclusión, la posibilidad de un apocalipsis zombi puede parecer una fantasía de ciencia ficción, pero la preparación para una situación de emergencia es algo que todos deberíamos considerar en nuestras vidas. La preparación para un apocalipsis zombi, aunque un poco exagerada, puede ser una forma divertida y creativa de acercarnos a este tema importante.

Resumen de los principales puntos

En resumen, para sobrevivir en una situación de crisis, es importante tener en cuenta los siguientes puntos clave:

1. Establecer una zona segura y protegerla: esto implica la búsqueda de un lugar seguro y la construcción de un refugio o fortificación para protegerse de los peligros externos.
2. Establecer un liderazgo y una estructura de toma de decisiones: para garantizar la cooperación y el bienestar de todos los miembros del grupo.
3. Establecer reglas y normas claras: para garantizar la seguridad y el bienestar de todos los miembros del grupo.
4. Desarrollar habilidades de supervivencia y prepararse para situaciones de emergencia: para estar listos para enfrentar cualquier peligro que pueda surgir.
5. Mantener la salud física y mental: mediante la práctica de hábitos saludables de higiene personal, actividad física y cuidado emocional.
6. Mantener una comunicación efectiva: para mantener a todos los miembros del grupo informados y coordinados.
7. Establecer relaciones positivas y colaborativas con otros grupos de sobrevivientes: para aumentar las posibilidades de super-vivencia y protegerse mutuamente.
8. Identificar y tratar enfermedades y lesiones comunes: para mantener la salud y la seguridad del grupo.

9. Mantener suministros y medicamentos básicos de primeros auxilios: para estar preparados en caso de emergencia.
10. Identificar y manejar los riesgos para la salud mental y emocional: para mantener una buena salud mental y emocional en situaciones de crisis.

Un ejemplo de cómo aplicar estos puntos podría ser en un grupo de sobrevivientes que se ha refugiado en una casa segura en una zona rural después de un apocalipsis zombi. El grupo establece un liderazgo y una estructura de toma de decisiones, junto con reglas y normas claras para garantizar la seguridad y el bienestar de todos los miembros. Se preparan para situaciones de emergencia, como ataques de zombis o saqueadores, mediante la realización de simulacros y la identificación de rutas de evacuación. Mantienen suministros y medicamentos básicos de primeros auxilios, y practican hábitos saludables de higiene personal y actividad física para mantener la salud física y mental. Mantienen una comunicación efectiva mediante el uso de radios y señales visuales, y establecen relaciones positivas con otros grupos de sobrevivientes en la zona para aumentar sus posibilidades de supervivencia. Finalmente, identifican y manejan los riesgos para la salud mental y emocional al proporcionar apoyo emocional y social, y practicar la resiliencia emocional en situaciones de crisis.

Perspectivas para el futuro

Las perspectivas para el futuro en una situación de crisis pueden variar ampliamente dependiendo de la naturaleza y gravedad de la situación, así como de las acciones tomadas por los sobrevivientes. Sin embargo, algunos aspectos generales a considerar incluyen:

- Sostenibilidad: En una situación de crisis prolongada, es importante planificar para la sostenibilidad a largo plazo. Esto podría incluir la implementación de prácticas agrícolas sostenibles, la gestión adecuada de los recursos naturales, y la creación de sistemas de energía renovable y eficientes.
- Reconstrucción: Si la crisis ha resultado en la destrucción de infraestructuras y comunidades enteras, la reconstrucción puede ser un desafío importante. Es importante trabajar juntos para establecer un plan de acción claro y priorizar los recursos para la reconstrucción. La colaboración con otros grupos y comunidades puede ser una forma efectiva de obtener apoyo y recursos adicionales.
- Prevención: Aunque es imposible prever todas las situaciones de crisis, es importante aprender de las experiencias pasadas y estar preparados para futuras crisis. Esto puede incluir la creación de planes de emergencia más detallados y la realización de simulacros periódicos.
- Innovación: En situaciones de crisis, a menudo surgen nuevas necesidades y desafíos que requieren soluciones creativas. Es importante estar abierto a la innovación y la experimentación para encontrar nuevas formas de abordar los desafíos.

En resumen, las perspectivas para el futuro en una situación de crisis dependen de la capacidad de los sobrevivientes para trabajar juntos, planificar y adaptarse a las circunstancias cambiantes. A través de la colaboración, la planificación cuidadosa y la resiliencia, es posible superar incluso las situaciones de crisis más difíciles.

Sobre el autor

Alexis J Smith es el autor de "Guía de supervivencia en un apocalipsis zombi", un libro que ofrece consejos y estrategias para sobrevivir en un mundo infestado de zombis. Smith es un experto en supervivencia y ha trabajado como guía de expediciones en regiones remotas y hostiles. Durante su carrera, ha entrenado a personas de todo el mundo en técnicas de supervivencia y ha desarrollado habilidades en la identificación de peligros, la preparación para emergencias y la navegación en situaciones extremas.

Además de su experiencia en supervivencia, Smith es un apasionado de la literatura y ha escrito varios artículos y libros sobre el tema. Su experiencia en el campo de la supervivencia y su habilidad para comunicar de manera efectiva información técnica y compleja lo convierten en un autor excepcional de guías de supervivencia. Fuera de su trabajo, Smith es un entusiasta del senderismo y la escalada en roca, y pasa gran parte de su tiempo libre explorando nuevas rutas y desafíos.

9 781803 973968